少年人文美文系列

红日照耀东方

家国情怀卷

徐鲁 著

图书在版编目(CIP)数据

红日照耀东方：家国情怀卷/徐鲁著.— 郑州：大象出版社, 2022.6 (2022.6重印)
(少年人文美文系列)
ISBN 978-7-5711-1442-8

Ⅰ. ①红… Ⅱ. ①徐… Ⅲ. ①散文集-中国-当代 Ⅳ. ①I267

中国版本图书馆 CIP 数据核字(2022)第 090919 号

少年人文美文系列

红日照耀东方　家国情怀卷

HONGRI ZHAOYAO DONGFANG　JIA GUO QINGHUAI JUAN

徐　鲁　著

出 版 人	汪林中
策划编辑	张桂枝　孟建华
项目统筹	司　雯
责任编辑	司　雯
责任校对	陶媛媛　倪玉秀
装帧设计	王莉娟

出版发行	大象出版社(郑州市郑东新区祥盛街 27 号　邮政编码 450016)
	发行科　0371-63863551　　总编室　0371-65597936
网　　址	www.daxiang.cn
印　　刷	河南瑞之光印刷股份有限公司
经　　销	各地新华书店经销
开　　本	890 mm×1240 mm　1/32
印　　张	8.125
字　　数	134 千字
版　　次	2022 年 6 月第 1 版　2022 年 6 月第 2 次印刷
定　　价	29.00 元

若发现印、装质量问题，影响阅读，请与承印厂联系调换。
印厂地址　武陟县产业集聚区东区(詹店镇)泰安路与昌平路交叉口
邮政编码　454950　　　　　电话　0371-63956290

目 录
Contents

001　祖国是我们最坚实的依靠（代序）
　　　——致少年的你

001　觉醒

003　飞驰在广袤的大地上
009　双栖楼前的芭蕉树
016　"邹容吾小弟"
022　长夜求索
028　真理的味道是甜的
037　春夜的惊雷
046　延乔路上的鲜花
059　穿越时空的家书

067　初心

- 069　贺页朵的宣誓书
- 073　永远燃烧的火炬
- 077　金色的鱼钩
- 080　温暖的炭火
- 087　闪亮的初心
- 095　孔雀河边
- 112　马兰芳华
- 124　捡果核的老人
- 130　马兰村的歌声

137　功勋

- 139　旧皮箱里的秘密
- 149　响彻太空的中国乐曲

- 160　金色的稻浪
- 168　用什么缝制坚固的铠甲
- 179　"肝胆相照"
- 190　无悔的选择
- 200　比钢铁还坚强的人
- 212　一路芬芳满山崖

221　祖国

- 223　祖国,请听我热情的呼唤
- 226　祖国之恋
- 230　祖国母亲
- 232　敬爱母语
- 238　国庆节的回忆
- 244　早安!祖国

祖国是我们最坚实的依靠(代序)
——致少年的你

家国情怀,是我应中国新闻出版广电报邀请,为少年朋友们的"开学第一课"选定的主题。我也愿意用这篇讲稿,作为《红日照耀东方》(家国情怀卷)这本美文集的"代序"。

祖国,是一个圣洁、崇高的字眼,但祖国不是一个抽象的概念。我曾在《我的祖国》这本绘本里写道,祖国,是你出生后舒适的摇篮,是你听到的第一支摇篮曲;在柔软的草地上,当你第一次学走路的时候,托起你小小脚丫和脚步的,就是我们的祖国母亲;祖国,也是你每天上学放学时,走过的那条铺满绿荫的小路;是你在课堂上举手回答问题时,老师给你的微笑和赞许;当你写出第一个方块字的时候,当你用美丽的母语大声朗读的时候,当你戴上红领巾,或者戴上团徽的时候,当你在帮助一个比你弱小的人或老年人的时候,祖国,就站在你的背后看着你,分享着你的快乐和幸福。

我的恩师、著名文学家徐迟先生,老年时出国访问,在

一个不眠之夜，写下了一篇抒情散文诗《间奏曲：祖国》，抒发了他对"祖国"这个神圣字眼的深切感受："两个神奇的字：祖国！……两个光辉的字，庄严的字，贴心的字，最可贵、最可爱的字呵，祖国，我的祖国！为什么当初我身在祖国，身在福中，在她的怀抱中，我竟然没有像今夜，身在她的怀抱之外的外国，远在美利坚合众国反而更加地激动了呢？原先我真是身在福中不知福，那时她紧紧地抱着我在她怀中，她的芬芳的气息扑在我的身上。她无处不在，我时刻接触到她，亲近着她。我足踏在祖国的土地上，头顶祖国的天空，我呼吸着祖国的空气，沐着祖国的阳光雨露。"

离第一次读到这篇散文诗已有30多年了，至今我还能一字不差地把它背诵下来，而且每次念诵起来，仍然会心潮澎湃、激动不已。这样的文字与情怀，如同电光火石，炽热而耀眼；又似苍老的江海，深沉而广阔。这也让我想到一代代忠诚和优秀的中华儿女，他们热爱祖国母亲，把毕生的才能、智慧和心血，乃至生命，全部献给了祖国，他们的赤子情怀一直就是这样，爱得深沉，爱得真挚，爱得无怨无悔。

2020年秋天，我在云南乌蒙山区采风时，勤劳的果农周帮治爷爷，给我说到了几句乌蒙山乡谚："一棵果树三分田，百棵果树十亩园；有山才有水，有国才有家""家大业大，

不如国家强大"。还有一位彝族养蜂人,在和我交谈时也说到了几句彝族谚语:"鸟离不开窝,人离不开国""锅里有,碗里才有"。这些朴素的谚语,表达的是普通百姓对国家的热爱,是强大的祖国给每个人带来了安全感和坚实的依靠感。

少年时代,我在阅读时记住了两个闪光的句子,迄今也没有忘记。一句是:"谁不属于自己的祖国,他也不会属于人类。"另一句是:"一个人越是伟大,他就越不能没有祖国。"是的,一个不热爱自己美丽家乡的人,又怎能指望他会去爱祖国、去爱全世界呢!

家国情怀是中华民族最宝贵的美德之一。歌唱祖国、礼赞英雄,也是每个时代的文艺创作最闪亮的主题和最动人、最灿烂的篇章。这些题材的作品,总会带着中华民族自强不息、坚韧不拔、团结奋进的精神基因,也能在一代代读者的心田里播下爱国的种子。我希望自己写的书,也能具有种子一样神奇的力量。

热爱科学的少年们,如果你去了解一下中国的科学和科技发展史,就会发现,那既是一部伟大的中国科学家精神史,也是一部动人的科学赤子报国史。我曾写过不少中国科学家的传记故事。写地质学家李四光先生时,我写到了李四光和女儿李林、女婿邹承鲁"一门三院士"科学报国的故事。李

四光先生曾说："一个科学技术工作者，如果他抱定了为社会主义祖国的富强，为人类幸福前途服务的崇高目的，在工作过程中，不断攻破自然秘密……他的生活就会丰满、愉快、生动和活泼。"李四光从少年时代立志学造船，到改学地质学，回到新中国的怀抱后，更是祖国建设需要什么，他就研究什么、关心和寻找什么。这种赤诚的爱国热情和科学报国的精神，深深影响着女儿李林的成长。正是在父母言传身教的影响下，李林参加工作后，也从国家的现实需要出发，三次"改行"，不断转变自己的科研专业。先是参加了中国第一个"原子反应堆"材料实验；后来参与了第一颗原子弹引爆材料研究工作试验；最后又参与了第一艘核潜艇材料试验。继李四光之后，李林和邹承鲁先后成为中国科学院院士，实现了一家两代人科学报国的共同理想。

写数学家华罗庚的故事时，我也写到了一个细节：1979年，华罗庚访问英国时，有位女学者问他："华教授，1950年您回国后，后悔过吗？"华罗庚不假思索，立刻豪爽而坚定地回答她说："为什么会后悔？一点儿也不后悔！我回国，就是要用自己的力量为祖国做些事情，并不是为了图舒服。一个人活着，不应是为了个人，而应是为了祖国母亲！"

我国第一代核潜艇总设计师、"共和国勋章"获得者黄

旭华院士，他选择的报国之路是"以身许国"，为了国家利益而隐姓埋名、远离亲人和朋友30余载。他就像一位骑鲸蹈海的老船长，经历过一次次的惊涛骇浪；他全程参与了新中国核潜艇从无到有、从弱到强的曲折征程，恪守着"干惊天动地事，做隐姓埋名人"的铮铮誓言，把一生的奋斗故事，写在万顷碧波深处。他袒露过自己的人生选择："我非常爱我的夫人，爱我的女儿，爱我的父母。但是，我更爱国家，更爱事业，更爱核潜艇。在核潜艇这个事业上，我可以牺牲一切！……此生属于祖国，此生属于事业，此生属于核潜艇，此生无怨无悔！"我创作的《此生属于祖国：功勋科学家黄旭华的故事》这本传记的书名和全书的情感基调，即源于此。

　　亲爱的少年朋友，有什么能比拥有这样一位伟大的祖国母亲更幸福、更值得骄傲和自豪的呢？在这片辽阔的国土上，在这个像石榴籽一样紧紧抱在一起的大家庭里，哪怕是从事着最平凡工作的劳动者，只要一想到我们是在自己祖国的土地上生活、劳动和奉献着，都会立刻拥有一种踏实、光荣、幸福和安全的感觉，任何困难也不能把我们吓倒和压倒。祖国，永远是我们每一位中国人的最坚实的依靠。

觉醒

飞驰在广袤的大地上
双栖楼前的芭蕉树
"邹容吾小弟"
长夜求索
真理的味道是甜的
春夜的惊雷
延乔路上的鲜花
穿越时空的家书

飞驰在广袤的大地上

*

他念兹在兹的中国铁路梦,终于在中华大地上美梦成真了!

1872年(同治十一年),一艘邮轮冒着滚滚浓烟,缓缓驶入茫茫太平洋。这艘大船上,载着包括詹天佑(1861—1919)在内的30名10来岁的中国幼童。这些小小少年带着清政府的救国美梦,将到美国学习先进的文明与科学技术。那一年詹天佑只有11岁。

原来,当时的爱国革新思想家容闳,上书清政府,建议选派一批聪慧好学且有志向的幼童出洋留学,以期把西方先进的文明与科学技术引进中国,从而革新和改变古老落后的中国社会现状。

长期以来受到西方列强欺压和要挟的清政府,批准了容闳的建议,就让容闳在南方招考符合条件的幼童。所有考取出洋资格的幼童,随容闳先抵达上海,在预备学校进行英文强化训练。首批获准赴美的幼童中就有詹天佑、蔡绍基、梁敦彦等30人。

1872年8月里的一天，这批中国幼童"乘桴浮于海"的时刻来到了，容闳既像家长又像保姆一样，带着这群满怀好奇心的娃娃登上了出洋的邮轮……

今天看来，清政府当时的救国美梦未免有点天真，结果自然是"一枕黄粱"。但对那些心地单纯、正处在渴望读书和求知年龄的中国幼童来说，一个崭新的、充满各种可能的未来，正在等待着他们。

被后人称为"中国铁路之父""中国近代工程之父""铁路大王"的近代铁路工程师詹天佑，就是这批幼童中走出来的佼佼者之一。

到了美国之后，詹天佑从著名的西海文小学、纽海文中学，一路读到了耶鲁大学土木工程系，主修铁路工程专科。刚满20岁，他就出色地完成了大学本科课程，成为当年归国的105名留美学生中，仅有的两位学士学位获得者之一。

在美国读书期间，詹天佑尽情领略了西方先进文明的气象，也以自己聪慧、勤奋的学习能力和敢于接受新事物的能力，让他的同学感到惊讶，甚至自愧不如。

读小说、看电影、游泳、滑冰、钓鱼、打球……詹天佑兴趣广泛，几乎没有他不爱好的东西。他最喜欢的是打棒球，是中国留学生代表队"中华棒球队"的一名杰出队员。这支球队

曾同旧金山附近的一支半职业球队进行过一场表演赛，詹天佑的表现赢得了队友和观众的称赞，很多美国人都感到惊讶：这些梳着长辫子的中国人，不是被称为"东亚病夫"吗？但看起来，他们一点也不比美国人弱呀！

1881年（光绪七年），20岁的詹天佑以出色的成绩从耶鲁大学毕业，当年就返回了祖国。这一年从耶鲁大学毕业的中国留学生只有两人，除了詹天佑，还有一位留学生是唐代大书法家欧阳询的第43代孙，后来成为外交家的欧阳赓。

詹天佑归国后，立刻就投入到中国早期铁路工程事业之中，成为中国首位铁路总工程师，负责修建了京（北京）张（张家口）、汉（汉口）粤（广东）川（四川）以及沪嘉、洛潼、津芦、锦州、萍醴、新易、潮汕等多条铁路。他被人们称为"中国铁路之父"和"铁路大王"。

京张铁路是詹天佑在1905年至1909年间主持修建的中国自建的第一条铁路。在修建这条铁路时，詹天佑发挥出超凡的才智，史无前例地创立了"竖井施工法"和"之"字形线路，震惊了中外铁路工程界。

这条铁路全长约200公里，沿途要穿越军都山脉，地形险峻，工程十分复杂和艰巨。当时，为了争夺这条铁路的修建权，英、俄两国相持不下。清政府虽然有心自力更生、自主修筑，但还

是缺乏信心，有点犹豫不定。外国铁路专家也纷纷放出言论说，中国目前根本无力完成这么复杂的铁路工程，还是尽早让出来算了。

有一些外国铁路专家甚至带着轻蔑的口吻说："中国人，还是算了吧，他们根本无力完成复杂的铁路工程！"詹天佑心里却非常不服气，他向政府请缨说："我巍巍中华，地大物博，而于区区一路之工，尚须借重外人，我辈实引以为耻！"

在以后的许多年里，詹天佑怀着报国雪耻之志和强烈的民族自尊心，面对外国专家不怀好意的讥讽和蔑视，以一种顶天立地的担当和勇气，硬是让中国第一条自主设计和建造的京张铁路，铺设在了祖国北方大地上！

1912年5月，詹天佑开始担任汉粤川铁路总会督办兼总工程师，主持修建汉粤川铁路。粤汉铁路北起武昌，南至广州，全长1059.6公里。自1900年开始筹建，其间因经费等问题建建停停。1936年9月1日首次通车，从广州黄沙出发，到第三天抵达武昌徐家棚，历时44个小时。

1919年，第一次世界大战结束后，詹天佑不顾自己身患腹疾，代表中华工程师学会出席了远东铁路国际会议。他之所以要拖着病体、冒着严寒去赴会，就是为了和企图霸占我国东北地区中东铁路的日本代表较量一番，保卫中国拥有的中东铁路

的权力。当时，日本人想以护路为名，用武力夺取中东铁路的"保护权"。詹天佑在会上义正词严地粉碎了日方的阴谋，并堂堂正正地争得了中国工程师在中东铁路的工作权利。

为了实现中国人的"铁路梦"，詹天佑付出了自己毕生的心血。有一天，他抱病登上八达岭长城，对着白茫茫的华北大地和绵延的群山，发出了这样的感慨：人生苦短啊！我詹天佑一直梦想着，有朝一日，在我中华大地上初步建起一个四通八达的铁路网，看来，这个梦想只能有待后来者进一步实现了！所幸的是，当我离开了人世，我的生命，还能化成匍匐在华夏大地上的一根铁轨……

1919年4月20日，詹天佑拖着病体回到汉口家中。因为忧愤交加，疲劳过度，他第二天就住进了医院。三天后，詹天佑终因腹疾恶化，心力衰竭，抱憾离开了人世，年仅58岁。

临终前，他来不及为家人留下遗嘱，却清清楚楚地向同事们交代了三件公事：一要振奋和发扬中华工程师学会的作用，为兴国阜民多做工作；二要慎选人才管理铁路，以扬国光；三要就款计工，量力而行，脚踏实地地建成汉粤川全路。

最后，他喃喃地告诉身边人说：上述三事，是天佑此生未了之心头牵挂，如果能得到国家采纳，则天佑虽死之日，犹生之年。

詹天佑是在1919年离开人世的。百年之后，他念兹在兹的中国铁路梦，终于在中华大地上美梦成真了！

2017年9月21日，第一列由中国人拥有完全知识产权的高速列车"复兴号"，从北京首发，像风一样飞驰在北京至上海的高速铁路上。让全世界惊叹的是，"复兴号"的速度达到了每小时350公里！专家们称赞说：这个时速，不仅开创了中国铁路运输的新纪元，也是目前世界上运营时速最快的高铁火车。

凡是坐过"复兴号"的乘客，都有一种共同的感觉：这简直不像是在坐火车，而像是乘着疾风一样在飞驰。有一位名叫萨拉的美国记者，乘坐了"复兴号"之后，惊呼道："天哪，太厉害了！华盛顿和纽约都没有这样的火车！"

我们完全可以自豪地说：100多年前，詹天佑苦苦追求和殷殷期待的那个美好的中国铁路梦，已经在今天这一代中国人身上实现了！在祖国广袤的大地上，我们已经建成了世界上最现代化的铁路网和最发达的高铁网。"复兴号"绽放出来的"速度与激情"，彰显了中国高速铁路在新时代奋勇前行的坚强决心，也坚定了中华民族实现伟大复兴中国梦的矢志不渝的信念。

双栖楼前的芭蕉树

———— ✱ ————

像一匹脱缰的马儿,自由地驰骋在新思潮的疆场上。

在福州城南后街86号,即杨桥巷口万兴桶石店后面,有一座上百年的老宅院。这是一座"有故事"的老宅院。院子里有一株老芭蕉树,仿佛在用无声的语言,向后来者讲述往昔的故事。

这座老屋原本是辛亥革命志士、广州黄花岗七十二烈士之一林觉民烈士的故居。林觉民因为广州起义失败,被清廷杀害后,林家为了逃避追查和株连,悄悄从这里搬走了,把这座老宅院卖给了一位名叫谢子修的老先生。这位谢先生,就是文学家冰心的祖父。冰心原名谢婉莹,幼年时代跟随家人在福州居住,就住在祖父买下的这栋老宅院里。冰心后来在其散文里多次写到过这栋老宅院,尤其是祖父的书房里有满屋满架的书,那里成了小婉莹的乐园,只要一得空闲,她就钻进书房里找书看。

新中国成立后,福州市政府把这座宅院立为"林觉民故居"和"福州辛亥革命纪念馆"。后来,"福州辛亥革命纪念馆"

从这里迁到别处，市政府又在这里增设了"冰心故居"，作为家乡人对冰心的永久纪念。现在，从外地来到福州游玩的人，几乎都会到城南后街86号这座老宅院瞻仰一番。门口两边，分别挂着"林觉民故居""冰心故居"两块门牌，十分醒目。

广州郊外的黄花岗掩埋着72位革命先烈的遗骸，其中就有年仅24岁的林觉民烈士的遗骸。

林觉民13岁那年，在家乡福建闽侯县城参加科举童子试考试。这个愤世嫉俗的少年早就厌倦了散发着酸腐气息、束缚着少年人朝气和创造力的八股文那一套东西，他考试时仅思考了片刻，便挥笔在答卷上写下了"少年不望万户侯"几个大字，然后愤然站起身来，潇洒地走出了考场。这个大胆的举动，显示了他对科举考试那一套陈腐制度的蔑视和不屑。

第二年，他考进了当地办的新式学堂——全闽大学堂（今天的福州市一中的前身）。在这里，林觉民就像迷途的羔羊找到了自己的牧场，新学堂里新鲜的养料，让这个少年的心智得到了健康、自由的绽放和成长。当时，在讲授新学的全闽大学堂里，聚集了不少留美回来的、思想活跃而开放的、以救国图存为己任的优秀教师。他们对像林觉民这样愤世嫉俗、志趣高远、对国家命运有所忧虑和担当的学生，悉心引导和培养，不断地向他们输送着民主、进步的新思想。

在开放和活跃的学习氛围中，林觉民像一匹脱缰的马儿，自由地驰骋在新思潮的疆场上；也像一只畅游在自由的大海里的鱼儿，越游越远。渐渐地，林觉民在学堂里成了"风云人物"。

在家乡的老父亲担心儿子成为"出头鸟"，就想到了"男大当婚、女大当嫁"的古训，想用婚姻对他加以约束。于是，林觉民在18岁那年，迎娶了17岁的妻子陈意映。

当时的社会里，年轻人在这个年龄成婚是一种普遍现象。林觉民是幸运的，他与陈意映的结合，虽然也是"媒妁之言"和"父母之命"，但两个年轻人心心相印、情投意合。在以后数年的革命岁月中，两个人互相鼓励和支持，共同谱写了一段被后世传颂的爱情佳话。

新婚的日子里，林觉民每天总是有点心不在焉。其实，他仍然惦记着自己和同志们正在奋斗的事业，但是他又唯恐妻子担惊受怕，所以心里十分矛盾。

细心的妻子早就看出了他的心思，有一天夜里，陈意映拉着他的双手说："君若走天涯，妻愿紧相随。"林觉民听到这句话，一下子就明白了，温柔地搂住妻子说："知我心者，意映也。"

这对年轻的夫妻，在他们老家的双栖楼前，一起种下了一株生命力极其顽强的芭蕉树，象征着忠贞不渝的爱情。

1907年，林觉民离别爱妻和幼子，登上了赴日留学的轮船。

当时，在日本的中国留学生中，有许多激情澎湃的爱国志士，他们经常聚首一堂，议论国家大事，商讨救国救民的良方。林觉民到达日本后，很快就加入了留学生革命行列。

有一次同学们聚会时，谈到国家山河破碎、民不聊生的现状，不少人禁不住流下了悲愤的泪水。林觉民站起来号召大家说："中国已经沦落到了将要亡国的地步，男儿们的血都是滚烫的，我们为什么要相对而泣？不！我们应该仗剑而起，担当起救国救民于水火之中的大任！凡是有血性的中华男儿，岂能坐视我们国家的惨状而徒生叹息！"

同学们听了他的这番话，都深受鼓舞。不久，林觉民就加入了革命团体"同盟会"。

在异国他乡，林觉民正在为自己的祖国奔走、呼吁。而在家乡，每年门前的梅花盛开时，他的妻子陈意映就会在芭蕉树下摆上两把藤椅，仿佛正在与他对坐，盼望着他早日归来。

1911年春暖花开的时候，林觉民风尘仆仆地赶回了老家。看到丈夫突然归来，陈意映虽然喜出望外，却也觉得有些诧异，就问丈夫："现在不是寒暑假，也没有听你事先说过要回来，怎么会这么突然呢？"

她不知道，林觉民此次回来，是遵照同盟会的部署，准备在广州发动一次武装起义。林觉民参与了前期的筹备工作，作

为第一批回国人员被委以重任。他当然不能说出实情，只好灵机一动，笑着回答："学校放樱花假，临时陪同学回国游玩，没有来得及告诉你们。"妻子便没再多问。

在家中短暂停留后，他便与家人依依惜别，带领招募的第一批志士20多人，从福建悄悄去了香港。他来到香港，同盟会领导人黄兴见到他，高兴地说："觉民归来，天助我也！运筹帷幄，何可一日无君？"此后，他多次往返于香港和广州之间，安排起义事宜。

广州起义的事情一切准备就绪后，这天深夜，大家已经就寝了，在香港的临江楼内，林觉民看着倒映着月色的江水，不禁想起了在家乡的妻子。曾经有许多次，他想把参加起义的事情告诉爱妻，但总是话到嘴边又咽了回去。

此刻，在临上战场前夕，也是生死攸关之际，林觉民知道，一旦起义事发，他与战友们肯定不能见容于政府，很可能被逮捕，甚至会被杀头，思念和惦记亲人的感情再也抑制不住了，他在深夜的灯光下，挥笔写了两封绝笔书，一封给老父亲，另一封给妻子。这两封绝笔书，情真意切地表达了一个革命党人为了国家的振兴和同胞们的自由幸福，甘愿舍生取义的崇高情怀。

在给父亲的绝笔书中，他这样写道："不孝儿觉民叩禀父亲大人，儿死矣，唯累大人吃苦，弟妹缺衣食耳。然大有补于

全国同胞也。大罪乞恕之。……"

而给妻子的绝笔书，写在一方白色手帕上，感情真挚、语言婉转，有一千多言，字里行间充满了对妻子和孩子的惦念，也倾诉了他决意为国家、为同胞慷慨赴死的家国情怀。

"意映卿卿如晤：吾今以此书与汝永别矣！吾作此书时，尚是世中一人；汝看此书时，吾已成为阴间一鬼。吾作此书，泪珠和笔墨齐下，不能竟书而欲搁笔，又恐汝不察吾衷，谓吾忍舍汝而死……"

林觉民在绝笔书中表达了对妻子坚贞不渝的爱，至今读来仍然感人肺腑，被誉为"革命党人一篇高尚纯洁的情书"。今天，有许多人仍能一字不差地背诵这篇令人肠断的绝笔书。

4月27日，广州起义爆发。林觉民带领"敢死队"进攻两广总督衙门。在枪林弹雨中，林觉民被一颗流弹击中了腰部，血流不止，最后身陷重围而被捕。

在监狱中，林觉民经受了无数次非人的折磨，每次审讯，都被打得遍体鳞伤，但丝毫动摇不了他革命的毅力和信念。每次过堂，林觉民总是盘腿坐在堂前，慷慨激昂，毫无惧色，侃侃而谈，从当前的世界形势谈到中国被列强欺凌，从中国的落后谈到清政府的腐败，情到深处，捶胸顿足，不能自抑。他还奉劝那些当官的要清醒一点，洗心革面，废除暴政。时间长了，

就连审问他的人也暗暗钦佩他过人的学识和临危不惧的气概，有的甚至感叹："惜哉！林觉民面貌如玉，肝肠如铁，心地光明如雪，真算得上奇男子也。"

最后，两广总督叹着气说："这样的人才留给革命党，可谓如虎添翼，那还了得！"不久，年轻的林觉民就被敌人杀害了。他就义时，从容镇定，面不改色，使刽子手都为之震惊。

林觉民是广州黄花岗七十二烈士中较为年轻的革命者之一。在他牺牲后不到半年，武昌起义爆发，全国各地纷纷响应，清朝终于被推翻。可是，双栖楼前的芭蕉树，再也等不来年轻的主人了。

"邹容吾小弟"

*

"少年壮志扫胡尘,叱咤风云'革命军'。"

邹容是与"鉴湖女侠"秋瑾齐名的一位青年志士。1903年,他以"革命军中马前卒"的一腔豪情,写成著名的宣传论著《革命军》,后在上海被捕入狱。1905年4月3日,邹容英勇就义,年仅20岁。

19世纪末,民主革命的新思想就像春风一样,吹进了古老的神州大地。这个时期,统治了中国数千年的封建制度,就像一座腐朽的大厦,摇摇欲坠。

1897年,12岁的少年邹容像当时的许多童子生一样,按部就班地走进了童子生的科举考场。他摊开考卷,不禁怒火中烧。年少气盛的邹容站起来,大声说道:"眼下都什么年代了,还出这样一些不切实际的晦涩题目折腾我辈少年!依我看,这张考卷就像衰世科举功名一样,毫无意义!"他在与监考官理论一番之后,愤然离场。

邹容中途弃考后，坦然地回到家里。刚进门，父亲就数落他道："孺子不可教也！本指望你能金榜题名，谁知你……唉！不考科举，将来你还能干什么？"邹容理直气壮地回答道："世界潮流，浩浩汤汤，我就是不喜欢那晦涩、陈腐的八股文，做清朝的庸官，更非我愿！"

父亲气不打一处来，问道："那你的志向何在？"邹容回答说："我志在变法救国，就像谭嗣同先生那样。"

"小子住口！那……是要被杀头的！"父亲惊恐地望着这个桀骜不驯的儿子，不知道该怎么办才好。

毕竟是"知子莫若父"，当父亲的深知儿子的脾性，知道这个儿子一向叛逆，眼看着他涉猎了越来越多的进步书籍，也越来越有自己的主见了。最终，父亲叹着气说："唯愿你不要闯出什么大祸来就好。"

邹容虽然一心向往民主革命的新风气，但无奈整个少年时代都在旧学堂里度过。听着饱读"圣贤书"的老先生满口封建礼教的旧学问，邹容常常如鲠在喉，心生抵触。

有一次，老先生要求学生跟着念诵一首诗，内容不外是"少小须勤学，文章可立身。满朝朱紫贵，都是读书人"之类。邹容觉得好笑，便在一旁玩自己的。

"你可有话要说。"老先生背着双手，走到他身旁。邹容

狡黠一笑，说："我也写了一首诗，请先生品评。"

"好，你起来诵读一下。"老先生来了兴致。邹容扯开喉咙，大声读道："少小休勤学，文章误了身。贪官与污吏，尽是读书人。"邹容一吐为快，惹得满堂少年一阵大笑。

不久，邹容就因为他的种种"忤逆"言论，被那所暮气沉沉的老学堂除了名。不过，邹容没有丝毫的遗憾，相反倒有一种如释重负的快意。

1898年（光绪二十四年）是农历"戊戌年"，这一年，以康有为、梁启超、谭嗣同为首的一群有识之士，通过当时执政的光绪皇帝，毅然进行了一系列政治改革运动。主要内容包括：学习西方，提倡科学文化，改革政治和教育制度，发展农、工、商业，等等。历史上称这次改革运动为"戊戌变法"。

但是，这次运动遭到了以慈禧太后为首的封建守旧派的强烈反对和抵制。9月28日，谭嗣同、杨锐、刘光第、林旭、杨深秀、康广仁6人在北京菜市口被杀害，戊戌变法宣告失败。

戊戌变法失败的消息，让邹容感到十分痛心。正好当时四川有官费出洋留学的名额，邹容便决定暂时离开这里，期望出国学习，寻求救国之法。

1902年春天，邹容冲破重重阻力到达日本，开启了他梦寐以求的革命道路。在东京，邹容发奋图强，广泛结交革命志士，

涉猎中外进步书籍，积极参加爱国活动。他在思想和认识上有了质的飞跃。

看着留日学生中一天天高涨起来的爱国热情，一种神圣的使命感也在邹容的心中如熊熊烈火一般燃烧着。但邹容毕竟人单力薄，国内还有数以万计的同胞正在沉睡之中，他们需要被一种声音和力量去唤醒、摇醒。于是，邹容奋笔疾书的一篇后来被称为中国近代的"人权宣言"的《革命军》诞生了！

扫除数千年种种之专制政体，脱去数千年种种之奴隶性质……巍巍哉革命也！皇皇哉革命也！

吾于是沿万里长城，登昆仑，游扬子江上下，溯黄河，竖独立之旗，撞自由之钟，呼天吁地，破颡裂喉，以鸣于我同胞前曰：呜呼！我中国今日不可不革命，我中国今日欲脱满洲人之羁缚，不可不革命；我中国欲独立，不可不革命；我中国欲与世界列强并雄，不可不革命；我中国欲长存于二十世纪新世界上，不可不革命；我中国欲为地球上名国、地球上主人翁，不可不革命。……

《革命军》一经问世，便被抢购一空，在社会上引起了巨大反响。1903年6月9日，《苏报》主笔章士钊在该报力荐邹

容的《革命军》，盛赞此书是"今日国民教育之一教科书也"。

这种一呼百应的反清思想的宣传鼓动，刺痛了清政府的神经。朝廷派人先后逮捕了《革命军》的出版发行者，以及为《革命军》作序的革命家、邹容十分尊敬的同道朋友章炳麟。

邹容看到好友被捕入狱，便决定与章炳麟患难与共。这一年7月1日，邹容穿戴整齐，来到了上海租界巡捕房，从容地走到狱警面前说："《革命军》是我写的，你们逮捕我吧。"

狱警挡住他说："你一个毛头小子，来捣什么乱，赶紧走开！"邹容非常愤怒，斩钉截铁地回击道："除了《革命军》，我未署名的文章还有很多，难道你们不想听听吗？"说着，他字字铿锵地背了起来。

于是，邹容也和章炳麟等人一起被关进了监狱。邹容此时年仅18岁。章炳麟得知邹容大义凛然地"自投罗网"，要与同道患难与共，十分感动，便写下了一首慷慨的诗歌《狱中赠邹容》，互相勉励：

邹容吾小弟，被发下瀛州。
快剪刀除辫，干牛肉作粮。
英雄一入狱，天地亦悲秋。
临命须掺手，乾坤只两头。

这首诗意思是说：邹容啊！我的小兄弟，你小小年纪就孤筏重洋，去寻求救国救民的良方。用快刀剪去了耻辱的辫子，用随身的牛肉当作干粮。壮志少年被关进了牢狱，整个天地也为你悲伤。不要畏惧，我们临死还要互相挽着手，在天地之间高昂着两颗骄傲的头颅！

"临命须掺手，乾坤只两头。"1905年4月3日，被拘禁在不见天日的黑狱中的邹容，病死狱中。

邹容牺牲后，孙中山甚为痛惜，1912年他以临时大总统的名义签署命令，追授邹容为"陆军大将军"。后来，革命家、教育家吴玉章题诗赞颂道："少年壮志扫胡尘，叱咤风云'革命军'。号角一声惊睡梦，英雄四起挽沉沦。"

长夜求索

*

"身不得,男儿列;心却比,男儿烈!"

巾帼英雄秋瑾,为自己取的笔名是"鉴湖女侠"。秋瑾虽为女儿身,却从小就有着男孩子一样坚强、刚烈、勇往直前的性格。她曾写过这样的诗句自勉:"身不得,男儿列;心却比,男儿烈!"

秋瑾是中国近代漫漫长夜里求索真理和光明的一位青年志士,是中国最早的一批为推翻封建统治而牺牲的革命先驱和热血英雄。

因为少年时代就受到了先贤们舍生取义的爱国精神和救国救民的新思想的影响,秋瑾先后两次东渡日本求学,寻求施展自己爱国抱负的途径和良方。

她第一次踏上赴日旅途,是在1904年。当时,秋瑾已经成家,并且有两个可爱的孩子。在一般人看来,作为官宦人家的女流之辈,她生活优裕,家庭美满,应该待在家里相夫教子、

乐享衣食无忧的日子才对。可是，秋瑾的心中有着高远的志趣，她对自己的人生也有着清醒的认识。她的丈夫为人庸俗，不思进取，与她远大的志趣相违背。生活上的安逸，物质上的富足，填补不了秋瑾心灵上的空虚。

就在秋瑾对安逸的家庭生活越来越不能忍受的时候，邻居吴芝瑛的出现，给她死气沉沉的生活带来了新的希望。

吴芝瑛是一位才女，而且思想活跃、激进。秋瑾与她志同道合，一见如故。两个人常常在一起阅读当时出版的进步报刊与书籍，讨论国家命运、百姓疾苦等家国大事。在吴芝瑛的熏陶下，秋瑾渐渐认识到，家庭的沉闷与不幸，其根源在于国家的萎靡与不幸；女人地位的卑微与不幸，其本质在于数千年封建制度的压抑与桎梏。而处在外国列强、封建帝制双重欺压下的中华民族，已经山河破碎、险象丛生，被奴役惯了的中国人，正在过着浑浑噩噩、民不聊生的日子。

这些思想上的觉醒和蜕变，也重新唤醒了秋瑾小时候就有的去做一个仗义行侠的侠女的梦想。

有一次，来秋瑾家里做客的表姐妹们在一起唉声叹气地抱怨，说："女孩子们的命运真的很可怜，就像关在笼子里的小鸟，没有自由，也没有地位，男孩子们就不一样了。"

秋瑾听后，愤然起身，反驳道："谁说女子不如男？女人

的聪慧和资质一点儿也不输给男人！如果能平等地接受教育，拥有谋生的手段，而且在经济上也能独立，女人就决不会依附于男人。"

她的这番言论被父亲知道后，父亲告诫她说："休得胡言乱语！女孩子家要多看《女诫》，要谨记'女子无才便是德'！"不料，父亲的话刚出口，秋瑾就反问道："照这么说，那《女诫》就不可能问世了！因为《女诫》的作者班昭，就是女的。还有谢道韫、蔡文姬、李清照……她们可都是被人称道的才女呀！"父亲被她的话驳得一时哑口无言。

少女时代的秋瑾总是喜欢以花木兰、秦良玉自喻，骨子里十分蔑视封建礼教"三从四德"的那一套。她给自己取了个笔名为鉴湖女侠。从这个笔名就不难想见她刚毅的性格和胸中的豪情。

1905年，秋瑾第一次从日本留学归国后，分别在上海、绍兴会晤了蔡元培、徐锡麟等革命志士，还毅然参加了激进的革命组织光复会。秋瑾当时的任务是负责浙江省的革命队伍的发展，为中国同盟会在浙江省的革命活动开展宣传工作。不久，因为联络工作的需要，秋瑾再次东渡日本。

1905年8月，中国同盟会在东京成立。秋瑾宣誓加入了同盟会，随即被指定为同盟会评议员和浙江省主盟人。不久，为

了抗议日本政府颁布的取缔中国留学生的规则，秋瑾愤然回国。

归国后，她一面在绍兴、湖州等地的女子学堂教书，一面秘密联络自己的革命同志，发展同盟会会员，准备武装起义。她一遍遍默念着自己写下的豪迈诗句："拼将十万头颅血，须把乾坤力挽回。"她在心中期待着起义时刻的到来。

1907年，秋瑾与徐锡麟等革命者准备于7月6日在浙江、安徽同时起义。不料，7月10日，局势突变，起义之事失败了，秋瑾等革命者遭到了清军的逮捕。

在绍兴知府大堂上，看着满地的刑具，秋瑾却面不改色，横眉冷对。

绍兴知府贵福一开始还和颜悦色地假言相劝，妄想劝秋瑾回心转意。但是性情刚烈的秋瑾根本不予理睬。

接连审问了好久，秋瑾都是报以冷笑和沉默。贵福恼羞成怒，马上变了脸色，凶神恶煞地指着满地刑具说："快说，你的同伙乱党还有谁？若不从实招来，当心用刑！"

秋瑾蔑视着他，毫不畏惧。贵福又指着清军搜到的起义文告，厉声问道："这文告是谁写的？还有哪些同伙乱党？"

秋瑾冷冷地回答道："文告是我写的，要问还有谁是革命党人，那我告诉你，你的四周到处都有我们的同志！"

"什么？我的四周？"贵福紧张地赶紧往四周探看。秋瑾

瞅了贵福一眼,继续轻蔑地说:"你不是也去过大通学堂,和我合过影吗?你不会忘了,你还送给大通学堂一副'竞争世界,雄冠地球'的楹联吧?要说同伙,你不也是一个吗?"贵福听后直冒冷汗,草草退堂。

第二天,在刑堂上,对秋瑾的审讯继续进行。但是,不论敌人怎样花言巧语或严刑逼供,秋瑾始终不屈不从,坚不招供。因为担心革命党人的反扑,始终未得到秋瑾任何供词的清政府衙门,最后竟无耻地杜撰了一份供词,草草地"结了案"。

7月15日清晨,天还未放亮,空气中弥散着血腥的味道。负责审讯秋瑾的衙门官员李钟岳,心怀叵测地走进了关押秋瑾的牢房,阴沉着脸色说:"秋瑾姑娘,事到如今,你也怨不得谁了,明年的今日,就是你的周年忌日了!你还有什么话要说吗?"

秋瑾见状,缓缓站起身,整理好凌乱的发髻,从容地说:"当然有!"李钟岳一惊,还以为秋瑾要回心转意了。不料,秋瑾义正词严地说:"我有三个要求。第一,要写封信跟家人道别;第二,行刑前不准脱去我的衣服,玷污我的人格;第三,不准用我的首级示众,侮辱我们这些爱国者的灵魂!"

李钟岳告诉她说:"贵福大人已经吩咐过了,秘密执行死刑,立即埋葬,连布告都不出。"

"你们这是做贼心虚!"秋瑾怒斥道,"你们既然要杀我,为什么又害怕绍兴的老百姓知道?为什么害怕全国的民众知道?你们难道就不明白,纸永远包不住火吗?"

这时候正是黎明前最黑暗的时分。秋瑾整理好了头发和衣衫,从容地走出了牢房,朝着绍兴轩亭口刑场走去……一代巾帼英雄,年仅32岁,在黎明到来之前永远地远去了。

如今,在秋瑾烈士就义的地方——绍兴市轩亭口,矗立着一块花岗岩的纪念碑;在远处的卧龙山上,还矗立起一座风雨亭,象征着秋瑾屹立在天地间的不屈的英灵,也纪念着她临终前说过的"秋风秋雨愁煞人"的遗言。

真理的味道是甜的

※

共产党人不屑于隐瞒自己的观点和意图。

1847年,马克思29岁,恩格斯27岁。两位满怀远大抱负的年轻人,因为志同道合,成了一对亲密的战友。

他们一起写书,表达自己的思想;他们一起向不平等的旧世界宣战,使资本家和反动派们惶恐不安;他们也一起寻求通往理想世界的科学道路,得到越来越多的工人和无产者的响应,形成了一股巨大的力量。

这时候,两位志存高远的年轻革命者,不仅清醒地明白他们的学说将成为对旧世界进行革命和改造的"武器",也强烈地意识到,有必要组建一个属于无产阶级的政党,来领导广大无产者去奋斗,去奔赴和实现自己美好的理想。

1847年6月2日至9日,由侨居法国的一批德国工人组成的一个名为"正义者同盟"的组织,在伦敦召开了第一次代表大会。大会召开前,马克思和恩格斯已经为这个组织做了大量

的提议和改造工作。大会召开时,寓居在巴黎的马克思因为缺少路费,没能前往伦敦参加,只有他的战友恩格斯一个人去了。

大会期间,恩格斯根据他和马克思商量的计划,向大会完整地阐述了什么是共产主义的科学思想,并把"正义者同盟"更名为"共产主义者同盟",把组织原来使用的"人人皆兄弟"的战斗口号,也改成了"全世界无产者联合起来"。

这些不单单是名称和口号的变化,而是使"正义者同盟"这个原本具有半秘密性质的工人组织,从此变成了一个无产阶级革命政党。这是共产主义运动史上的一件里程碑式的大事。

几个月后,1847年11月29日至12月8日,"共产主义者同盟"召开第二次代表大会时,马克思出席了。他和恩格斯被委托起草一份宣言。1848年,由两人共同执笔的《共产党宣言》(又译《共产主义宣言》)成稿了。他们在开头这样写道:

一个幽灵,共产主义的幽灵,在欧洲游荡。为了对这个幽灵进行神圣的围剿,旧欧洲的一切势力……都联合起来了。

因为"共产主义"在欧洲已经形成了一股强大的力量,同时也成为反动派眼中和口中的一个可任意诋毁的"罪名",所以,他们在宣言中说:

现在是共产党人向全世界公开说明自己的观点、自己的目

的、自己的意图并且拿党自己的宣言来反驳关于共产主义幽灵的神话的时候了。

为了这个目的，各国共产党人集会于伦敦，拟定了如下的宣言，用英文、法文、德文、意大利文、弗拉芒文和丹麦文公布于世。

在宣言的结尾，马克思、恩格斯又大声疾呼道：

共产党人不屑于隐瞒自己的观点和意图。他们公开宣布：他们的目的只有用暴力推翻全部现存的社会制度才能达到。让统治阶级在共产主义革命面前发抖吧。无产者在这个革命中失去的只是锁链。他们获得的将是整个世界。

全世界无产者，联合起来！

《共产党宣言》是两位年轻的思想家和志同道合、并肩作战的革命战友，为"共产主义者同盟"起草的一份政治纲领，也是伟大的马克思主义诞生的一个重要标志。这份宣言，第一次全面系统地论述了共产主义（后来也被称为"科学社会主义"）的基本理论和思想，并且断定：共产主义运动将成为不可抗拒的历史潮流。

随后,《共产党宣言》作为国际共产主义运动的第一个纲领性文献,在伦敦正式出版。从那些带着滚烫激情、充满斗争精神的语句里,人们真切地感受到了,这份宝贵的文献,不仅思想丰富、感情充沛,而且文笔优美,行文中有着坚不可摧的力量。所以,后来人们也赞誉说,《共产党宣言》的文笔,可以与任何一部世界文学名著相媲美。

当然,《共产党宣言》更伟大的意义在于,它像一团火种,像一颗"精神原子弹",一经问世,就照亮和震撼了整个世界!

1920年早春时节,江南的远山和田野间,已经隐隐传来春雷的响声和布谷鸟的啼唤声;映山红绯红的花蕾,正在默默地积蓄着力量,等待着一场春雨过后,迎着春风骄傲地绽放。

一个春夜里,在浙江省义乌县分水塘村一间简陋的柴房里,一个年轻人正在油灯下埋头书写着什么。

母亲看到儿子近来天天这样熬夜,心疼得不得了,特地端来一碗粽子和红糖,让儿子充充饥,还细心地问道:"红糖够不够,不够再给你添些……"聚精会神的儿子头也没抬,应声回答道:"够甜,够甜了!"

可是,当母亲进来收拾碗筷时,吃惊地看到儿子嘴上满是墨汁,红糖却一点儿没动。原来,他是蘸着砚台里的墨汁,把一碗粽子吃掉了……

这个青年人名叫陈望道。1891年1月18日，陈望道出生在一个贫苦农民家庭。他曾就读义乌绣湖书院、金华中学。从之江大学毕业后，1915年东渡日本，留学于东洋大学、早稻田大学、中央大学，毕业于中央大学法科。1919年留学归国后，他先是在浙江省立第一师范学校担任国文教员，一边宣传新文化运动，一边从事马克思主义的宣传和革命活动。

1920年这个春雷隐隐的春夜里，29岁的陈望道正在潜心翻译的一本书，就是《共产党宣言》。

这年3月，正在浙江省立第一师范学校担任国文教员的陈望道接到了一封信，信上指名要他翻译《共产党宣言》。他同时还收到了日文版、英文版两册《共产党宣言》，其中英文版是李大钊从北京大学图书馆借出来的。

当时，要完成这本小册子的翻译，起码得具备三个条件：一是对共产主义、马克思主义有深入了解；二是至少得精通德、英、日三门外语中的一门；三是要有扎实的汉语言修养。陈望道来翻译《共产党宣言》再合适不过了。

接受了这个神圣的任务后，为了避开各种干扰，陈望道回到乡下老家，开始专心译书。

母亲看到儿子天天埋头在柴房里，心疼得不得了，可又帮不上什么忙，就叹着气对村里人说："哎呀，我这个儿啊，读

书读没用了,红糖、墨汁都分不清,粽子都蘸着墨汁吃了呢。"

低矮的老屋柴房,光线不太好,母亲怕儿子费眼,每天还特意在油灯碗里加了两根灯芯,好让灯光照得更明亮一点。

陈望道发现了母亲的这个"秘密",心里过意不去,心中不免愧疚:这么多年来我不在家,也没有好好孝敬父母,现在还要父母来照顾我,还要给家里增添负担,这怎么得了啊!所以,为了节省灯油,陈望道每次都把母亲点亮的两根灯芯,悄悄掐灭一根……

因为是《共产党宣言》的第一个中文全译本,陈望道在翻译这本书时,手边并没有更多的译本可供参考。所以在翻译过程中,他逐字逐句斟酌和推敲,用他自己的话说:"花了比平时多五倍的工夫。"

比如《共产党宣言》开头第一句,现在通用的译文是:"一个幽灵,共产主义的幽灵,在欧洲游荡。"陈望道当时是这样翻译的:"有一个怪物在欧洲徘徊着,这怪物就是共产主义。"可见他的译文比较准确和忠实地传达了原著的语言和思想。

陈望道翻译的《共产党宣言》,通篇采用了当时新文化运动所提倡的现代白话文,所以读起来十分通畅。仅从语言风格上看,就表现出了明显的"中国特色"。

1920年4月底,陈望道完成了《共产党宣言》全书的翻译。

这年8月,在共产国际的资助下,陈望道的译本在上海以"社会主义研究社"的名义,作为"社会主义研究小丛书"的一种出版。

这期间还发生了一个鲜为人知的小插曲:因为印刷时间仓促,忽略了校对封面上的文字,8月份印出来的第一版《共产党宣言》的书名,竟然错印成了《共党产宣言》。又因为这一版封面采用的马克思的半身像是用红颜色印刷的,所以被称为"红头版《共产党宣言》"。9月份再版时,错印的书名改正了,封面颜色也印成了蓝色,所以这一版又被称为"蓝头版《共产党宣言》"。

陈望道翻译的《共产党宣言》问世后,得到了迅速和广泛的传播,也引起了巨大反响。到1926年,这个版本就印刷了17次,《共产党宣言》中文版的出现,也引起了反动派的恐慌,他们把马克思主义、共产主义视为洪水猛兽,连同翻译者陈望道也不断地受到恐吓和攻击。但陈望道无所畏惧,他坚信马克思主义是人类的真理和曙光,"真理总是不胫而走的",没有什么能阻挡真理的传播和曙光的升起。

就在《共产党宣言》第一个译本面世300多天后,1921年7月23日,中国共产党第一次代表大会在上海召开。中国共产党诞生后,作为上海建党小组发起成员之一的陈望道,担任了

上海地方委员会的第一任书记。

中国共产党的诞生，是中国历史上一件划时代的、开天辟地的大事。在漫漫长夜里苦苦摸索、艰辛跋涉着的中国人民，从此由这个坚强、伟大的政党带领和引导着，踏上了新的奋斗历程。

新中国成立后，陈望道与《共产党宣言》的故事还在继续。

1973年5月8日，金华市一位名叫郑振乾的普通读者，给仰慕已久的陈望道写信，希望得到一册陈望道的《共产党宣言》译本。信寄走后，郑振乾本来没有抱太大希望，甚至连这封信能不能到达陈老手中他都不敢肯定。没想到，仅仅三天之后，5月11日，已是82岁高龄的陈望道，就给素昧平生的郑振乾写了亲笔回信。这封珍贵的书信，也成了金华市目前发现的陈望道唯一一封给父老乡亲的书信。德高望重的陈老在信上这样写道：

振乾同志：

承索拙译《共产党宣言》，知由于同志们热爱马列主义、热爱共产党之忱，感到无限亲切。但因经过一个白色恐怖时期，到了全国解放时期，中央虽即派人到全国收集旧本，已只能收到七八本了。这七八本，想来就是各革命历史馆陈列的本子，你们要看，可以到那里去看。至于学习，我劝你们读新著，新

著有马克思、恩格斯的许多篇序，比旧本完备得多。

祝好！

陈望道
1973 年 5 月 11 日

陈老在书信落款后，仿佛意犹未尽，又在后面的空白处，回忆了一段自己当年翻译《共产党宣言》后的遭遇：

你们要知道我的遭遇，遭遇就是反动派在那白色恐怖时期常把"共产党宣言"当作我的头衔。无论说什么，动不动说"共产党宣言"译者陈……要你怕，要你不敢动。不过我这人是不大知道怕的。我做过上海大学教务长，上海大学就是培养革命干部的大学，有许多干部现在还健在。

2020 年 8 月 21 日，92 岁高龄的郑振乾把这封宝贵的书信手迹捐给了国家。我们从陈老的这段质朴的话语中，也能真切地感受到一位坚定的革命者，为了伟大的真理和信仰，勇往直前的大无畏精神。

春夜的惊雷

※

情愿做一个"不识时务"的人,不愿做个出卖灵魂的"识时务者"!

起来,饥寒交迫的奴隶,
起来,全世界受苦的人!
满腔的热血已经沸腾,
要为真理而斗争!

旧世界打个落花流水,
奴隶们起来,起来!
不要说我们一无所有,
我们要做天下的主人!
……
从来就没有什么救世主,
也不靠神仙皇帝。
要创造人类的幸福,

全靠我们自己。

……

《国际歌》,由法国诗人欧仁·鲍狄埃1871年作词,作曲家比尔·狄盖特1888年谱曲。这首歌曲诞生后,先后成为两个工人运动的世界组织"第一国际"(即国际工人联合会)和"第二国际"(即社会主义国际)的会歌。

《国际歌》被誉为"全世界无产者的战歌",是全世界劳动人民"共同的声音,共同的语言"。列宁在纪念欧仁·鲍狄埃的文章里这样说道:"一个有觉悟的工人,不管他来到哪个国家,不管命运把他抛到哪里,不管他怎样感到自己是异邦人,言语不通,举目无亲,远离祖国,他都可以凭着《国际歌》的熟悉的曲调,给自己找到同志和朋友。"

1923年早春的北京,一条普通的胡同里,24岁的瞿秋白,心中燃烧着青春的烈火,却只能尽量把自己的声音压得很低很低……

他在一字一句地推敲着、挑选着最有力量的汉字,翻译着《国际歌》——这首全世界无产者的战歌,仿佛在把一颗颗滚烫的子弹,填进摧毁旧世界的枪膛里!像炽亮的闪电划过夜空,也像猛烈的飓风涤荡着大地,一行行有力的诗句,伴随着雄壮

的旋律，从他的笔下若春夜的惊雷一般滚滚而出……

　　……
　　这是最后的斗争，
　　团结起来到明天，
　　英特纳雄耐尔就一定要实现！
　　这是最后的斗争，
　　团结起来到明天，
　　英特纳雄耐尔就一定要实现！

一支人类历史上最庄严、最雄壮的战歌，一支"歌中的歌"，如同咆哮的江河，如同黎明前的号角，从此就在中国古老的大地上，越过万水千山，召唤着千千万万的劳苦大众，举起锤子和镰刀，和伟大的中国共产党紧紧地站在了一起！

像陈望道翻译《共产党宣言》一样，中国共产党早期领导人、先驱者瞿秋白，也如"播火者"一样，首次把《国际歌》歌词翻译成了中文，在寒冷的黑夜里，为劳苦大众带来一炉通红的"炉火"。

瞿秋白是江苏常州人。1917年，18岁的瞿秋白从家乡来到北京，经历了五四爱国运动的暴风雨的洗礼。当俄国十月革命

的隆隆炮响传到中国时,年轻的瞿秋白也满怀抱负,立志要"担一份中国再生时代思想发展的责任"。

1920年10月,瞿秋白以北京《晨报》特约记者的身份,即将启程赴莫斯科访问和学习。行前,他对志同道合的战友们说,这次去莫斯科,就是要去看看这个新生的国家,也为中国人民,去寻找和"辟一条光明的路"。

1921年5月,由共产党员张太雷介绍,瞿秋白在莫斯科加入了共产党。因为当时还属于"俄共",1922年春,他才正式加入了中国共产党。这年6月22日至7月12日,共产国际第三次代表大会在莫斯科举行。7月6日,瞿秋白第一次见到了革命导师列宁,两个人进行了简短的交谈。这是瞿秋白终生难忘的一个时刻。

不久,瞿秋白在莫斯科第三电力劳工工厂参加工人集会时,又聆听了列宁的演讲。瞿秋白后来这样回忆说:"列宁出席会议发言三四次,德、法语非常流利,谈吐沉着果断,演说时绝没有教授的态度,而是一种诚挚果毅的政治家态度流露于自然之中。"

1922年年底,因为国内工作需要,瞿秋白启程回到祖国,开始成为一名职业革命家。当时,北洋军阀政府想用200块大洋的月薪聘请他到政府外交部任职,但被瞿秋白一口拒绝了。

在瞿秋白心目中，北洋军阀政府是一个"率兽食人的政府"。

瞿秋白熟谙俄文，一直想给《国际歌》译配中文歌词，让它也在中国广泛地流传开来，成为中国劳动者的战歌。

1923年早春，北京城里天天刮着大风。当时，瞿秋白住在黄化门西妞妞房他叔叔的家里。他守着一架风琴，对照着原文，一字一句地推敲着，自弹自唱着，每一句歌词定稿，都要斟酌再三。

当他译到"国际"（International）这个单词时，他站起身来，在小屋里不停地徘徊着，寻找着合适的、可以对应的中文词语。这个词在汉语中只有两个字，而外文却是长长的一串音节。如果简单地译成"国际"，配上原谱，将成为"国——际——就一定要实现"，"国际"一词拖得这么长，那是很难唱的，也不悦耳。为了这个词的翻译，瞿秋白在小屋里来回走动，不时地哼唱和琢磨着。

这时候，在他的脑海里，他在莫斯科参加各种劳动者集会的情景，一幕幕浮现出来……忽然，他停下了脚步，若有所思地走到风琴边，手指按在琴键上，有力地弹奏着，然后随着节奏，用低沉而又雄壮的声音，按照音译的声音唱出了："英特纳雄耐尔就一定要实现！"

中文歌词和曲子，就这样节奏、音步和调子完全一致地融

为一体了！真可谓"踏破铁鞋无觅处，得来全不费工夫"，瞿秋白最终用"音译"的办法，完美地解决了这一难题。

前面引录的《国际歌》的译文，是现在通行的译文版本，并不完全是瞿秋白当年的译文。但是，这首歌被广泛传唱的事实证明，"英特纳雄耐尔"却是一句非常高明的翻译。用音译方式唱出时，正可以与欧洲各国的发音一致，起到了让中国劳动者和世界其他各处的无产阶级者同声相应、万口同声、心灵相通的效果。

"起来，饥寒交迫的奴隶！起来，全世界受苦的人！满腔的热血已经沸腾，要为真理而斗争……"从此，《国际歌》这首响遍全球的伟大旋律，这首既高亢又深沉的无产阶级的战歌，就在全中国流传开了。

1934年2月，瞿秋白奉命从上海到达中央革命根据地瑞金，担任中华苏维埃共和国中央政府教育人民委员。这年10月，中央红军决定开始长征。

中央红军主力撤离后，瞿秋白坚守在苏区，继续战斗。1935年年初，因为原本就身体虚弱，加上生活条件越来越困难，瞿秋白积劳成疾。1935年2月24日，瞿秋白和战友们在从江西向外转移，途经福建长汀水口镇小径村时，遭遇敌人包围，不幸被捕。

他当时化名"何其祥"。但被俘的人员中有一个叛徒,向敌人供出了瞿秋白的真实身份。于是,瞿秋白被押解到了福建的长汀。

敌人得知抓到了中共领袖瞿秋白,欣喜若狂。国民党第36师中将师长宋希濂等人先后跑来劝降,对瞿秋白施尽了各种利诱,甚至还以从共产党阵营里叛变向国民党的叛徒顾顺章到南京后受到的优厚待遇为诱惑,妄图让瞿秋白"识时务"和"动心"。但瞿秋白对共产党忠贞不二,严词回道:"我不是顾顺章,我是瞿秋白。我情愿做一个'不识时务'的人,不愿做个出卖灵魂的'识时务者'!"

结果,敌人对瞿秋白的种种劝降,都以失败告终。蒋介石气急败坏,只好从南京发出密电,命令将瞿秋白"在闽就地枪决,照相呈验"。

1935年6月18日早晨,瞿秋白神态自若地缓步走出囚室,被带到中山公园凉亭前,拍下了生前最后一张照片,然后从容地走向了刑场。

沿途,瞿秋白昂首高唱着自己翻译的《国际歌》,用歌声鼓励着沿途的百姓,同时也在向敌人宣示:"团结起来到明天,英特纳雄耐尔就一定要实现!"

到达就义处罗汉岭时,他选了一处草坡,从容地坐下,大

义凛然地对着刽子手，微笑着点点头说："此地甚好！"然后含笑就义，年仅 36 岁。

瞿秋白不仅是中国共产党的先驱，是一位无产阶级革命家和理论家，也是一位富有丰富的文学理论修养和创作才能、文采斐然的文学家。他与文学家鲁迅先生有着崇高而深厚的战斗友情。

"人生得一知己足矣，斯世当以同怀视之。"鲁迅曾把清人何瓦琴的这一句书写成条幅，赠给瞿秋白。

鲁迅是文化革命战线的主将，反动派攻击他，自己阵营里也有朋友误解他。瞿秋白在上海工作时，曾把正确评价鲁迅看成是当时文化革命战线上一个重大任务。所以，他曾专心致志地研究过鲁迅的作品，撰写过一篇著名的《鲁迅杂感选集》序言。这篇长达 17000 字的文章，后来成为中国新文化史上的一篇具有里程碑意义的文献。

1935 年，瞿秋白在福建长汀遇害后，鲁迅得知噩耗，悲愤不已。出于义愤，也是为了表达对战友的怀念，鲁迅亲自编订和出版了瞿秋白的译文集和遗稿，书名为《海上述林》。

1936 年 10 月 18 日，鲁迅已是生命垂危之际，当时《译文》杂志的主编黄源来看他，并告诉鲁迅说，他写的那则广告《介绍〈海上述林〉》一文，已经在《译文》上刊登出来了。为了

出版《海上述林》，鲁迅还特意拟了一个"诸夏怀霜社"的名头。"霜"是秋白的原名，"诸夏怀霜"即全中国都在怀念瞿秋白的意思。谁也没有想到，这则为亡友的遗稿集写的广告文字，竟成了鲁迅先生一生中最后看过的文字。第二天，1936年10月19日凌晨5时25分，鲁迅与世长辞。

"这世界对于我仍然是非常美丽的。一切新的、斗争的、勇敢的都在前进。"

"那么好的花朵、果子，那么清秀的山和水，那么雄伟的工厂和烟囱，月亮的光似乎也比从前更光明了。但是，永别了，美丽的世界！"

这些美丽而深情的语句，出自瞿秋白被俘后就义前写的回忆录《多余的话》。从这些诗一般的句子里，我们看到了一位先驱者和革命者忠贞、明净和坚定的初心。

延乔路上的鲜花

---※---

像一匹脱缰的马儿,自由地驰骋在新思潮的疆场上。

在安徽省合肥市,有一条以中国共产党早期领导人和先驱者陈延年、陈乔年兄弟俩的名字命名的"延乔路"。

2021年,在庆祝中国共产党成立100周年的日子里,延乔路的路牌下,每天都摆满了人们敬献的鲜花。花束中还插着一张张卡片,卡片上的字字句句,不仅表达了对这两位年轻的中国共产党先驱者的缅怀之情,也写满了人们特别是新时代的"后浪"们对中国共产党先驱们、革命先辈们和一代代伟大的奋斗者的敬仰与感激。

"我们不能用我们祖父和父亲的生活方法来生活……我们有我们的时代。"

"在我们这个时代,只有他们是进步的,是向前的,代表光明的将来,坚决的与一切黑暗的过去战斗。"

这是1927年2月,陈延年在《我们应该做什么?》一文里

写下的坚定誓言。5个月后，1927年7月4日，陈延年在龙华刑场被残忍的敌人乱刀砍死，年仅29岁。

不到一年，1928年6月6日，他26岁的弟弟陈乔年也不幸被捕。陈乔年在龙华枫林桥畔英勇就义前，给后人们留下了这样一句豪言壮语。

"让我们的子孙后代享受前人披荆斩棘带来的幸福吧！"

今天，在祖国美丽、辽阔、和平的大地上，在幸福、安宁、祥和的日子里，人们重温先烈滚烫的遗言，又怎能忘记这兄弟俩舍生忘死、奋斗不止，最后双双视死如归、血沃中华的壮烈人生……

陈延年、陈乔年的父亲，是中国共产党创建者和早期领导人陈独秀。1898年，陈延年出生在安徽安庆。陈乔年比哥哥小4岁，1902年在安庆出生。他们还有一个弟弟，叫陈松年。

兄弟三人手足情深，童年和少年时光，都在安庆城里度过，先后在安庆读私塾。三弟陈松年这样回忆童年时光里大哥和二哥留给他的印象：

延年的个子不高，浓眉大眼，皮肤黝黑，看上去根本不像一个读书人的样子。但实际上，他读书十分用功，头脑也很聪明，记忆力极强。有的陈家长辈讲过，延年读起书来日夜不停，

好像着了迷一样。

当时有一位姓汪的老邻居,是位读书人,家里有不少藏书。好学的陈延年时常去汪先生家借书看。因为勤奋好学,陈延年早早地显露出了自己的"文才"。安庆城里有几位老先生,看了这个少年写的文章后,曾感叹说:"可惜啦,现在科举制度已经废除,不然,陈家这个老大必能榜上有名。"

陈乔年童年时的外貌和性格,与大哥完全不同。陈乔年皮肤白皙,身材瘦削,从小就是一副"玉树临风"的书生模样。他阳光、开朗,还有点小顽皮。

在三弟的眼里,两位哥哥的关系从小就十分要好,先是一起在老家念私塾,又一起进了新式学堂,再一起去北京念书、去国外留学,回国后又一起到上海从事革命活动,兄弟俩从来没有分开过。

1915年,陈独秀从日本回到上海,创办了《青年杂志》,第二年改名为《新青年》。他和其他几位新文化先驱者一道,倡导"德先生"(民主)和"赛先生"(科学),呼吁"打倒孔家店",对20世纪初的青年一代影响很大,《新青年》很快成为新文化运动的一个重要的思想与论战阵地。

这时候,陈独秀把陈延年、陈乔年接到上海,送他们兄弟

俩进了上海的法语补习学校学习。由于天天忙于新文化运动，性情卓越独特的陈独秀，对两个儿子的生活和学习几乎是不管不问，任由他们半工半读，自己挣钱养活自己。

1917年，陈延年、陈乔年兄弟俩一同考入震旦大学（今复旦大学）。有陈独秀的朋友看到，这兄弟俩形影不离，有一个大饼就分着吃，渴了就喝点自来水。白天在学校读书，晚上就打开铺盖睡在地板上，生活过得太清苦了！朋友就劝陈独秀，应该把两个儿子的生活安排得好一点。陈独秀却摆摆手说："少年人生，自创前途，才是培养子弟的好办法。"

有一天，他们的祖母谢氏来上海，看到两个孙子在这里过着流浪儿一样的生活，心疼得难受，就说要自己出钱，供两个孙子念书和生活。兄弟俩却笑着对祖母说："'新青年'嘛，就要与封建家庭'决裂'，不能享受长辈的恩赐，而应该本着一箪食、一瓢饮、住陋巷，虽不堪其忧，却不改其乐的精神去磨炼自己。"

兄弟俩在上海度过了4年异常艰苦的求学生活。在这4年间，俄国的十月革命和中国五四爱国运动的暴风骤雨，也在洗礼着这两个正值芳华的青年人。

伟大的五四爱国运动，以及以《新青年》等刊物为阵地的新思潮、新文化运动，在猛烈抨击和扫荡中国几千年的旧思想、

旧道德的同时，高高举起了最耀眼的两面大旗，这就是"民主"和"科学"。这时候，陈延年、陈乔年都已经明白，在古老的中国，要想彻底改变愚昧、贫穷、专制和封建伦理道德的多重压迫与束缚，只有尽快地输入这两位"先生"的新鲜血液，使一直被讥为"东亚病夫"的中华民族重新站立在世界东方。

兄弟俩都很喜欢梁启超的宏文《少年中国说》里的论断："少年强则国强，少年独立则国独立，少年自由则国自由，少年进步则国进步，少年胜于欧洲则国胜于欧洲，少年雄于地球则国雄于地球……"

1919年冬末，已经跟着父亲迁到北京的兄弟俩，获得华法教育会的资助。在中国的传统节日春节来临前夕，在大部分人家正忙着亲人团聚、辞旧迎新的时刻，兄弟俩离别了亲人和祖国，动身前往法国勤工俭学。

大海茫茫，前路茫茫……

他们在海上航行了近两个月，于1920年2月3日抵达巴黎，住在巴黎大学附设的阿雍斯学校，一面读书，一面做工挣学费。

1921年7月，一件开天辟地的大事件在古老的中国大地上发生：中国共产党在上海成立了！从嘉兴南湖上驶来的一艘"红船"，从此成为中国共产党"启航"出发的象征，中国革命波澜壮阔的奋斗史诗，从此也揭开了崭新的一页。

这时候，在遥远的欧洲，陈延年、陈乔年兄弟俩的人生道路，也发生了巨大的转折。他们一次次参与到留法勤工俭学学生们组织的争取"劳动权、读书权、面包权"的斗争中，逐步认清了过去他们所信奉的无政府主义的虚伪性，转而开始研究马克思主义，坚定了科学共产主义的信仰。

法国勤工俭学的生活是异常艰辛的。当时正值第一次世界大战刚刚结束，法国的不少工厂开工不足，甚至发不出工钱。陈延年、陈乔年做工的工厂，有时候发的工资不全是现金，而是会搭配几百张彩色的风景明信片，冲抵一部分工钱。

要那么多风景明信片干什么呢？没有办法，兄弟俩只好把这些明信片寄给上海的一位安徽同乡朋友——后来成为出版家、翻译家的汪原放，请他帮助卖掉，再把卖得的钱寄到法国去。所以一连好几年，汪原放都会收到兄弟俩寄回的明信片——那是他们辛辛苦苦换来的一部分工钱。

1922年6月，一些旅欧的中国共产主义者，在巴黎西郊布伦森林广场上，宣布成立中国少年共产党（简称"少共"）。陈延年、陈乔年兄弟俩都是"少共"的发起人和成员。"少共"负责人是周恩来、赵世炎和陈延年等。他们还创办了一份机关刊物《少年》，由陈延年担任编辑。陈乔年和后来成为诗人、翻译家的萧三等，白天去工厂做工，晚上就帮助陈延年油印和

装订刊物。

当时,"少共"组织里还有一位成员,是1919年来到法国勤工俭学的郑超麟(1901—1998)。郑超麟在新中国成立后曾任上海市政协委员。他在回忆录里写到了陈延年编辑《少年》的情景:"《少年》诗歌大型刊物,16开本。封面很令人触目,画了交叉的镰刀和铁锤,写了一行'全世界无产阶级联合起来!'之下有一行小字'少年共产党机关'。创刊号在写印时,我曾去意大利广场看他们。延年在写钢板,王若飞、赵世炎、周恩来围绕着方桌讨论。……他(延年)写的字比铅印的字还要清晰,还要好看,我第一次看见了能与铅印报比赛的油印刊物。除赵世炎的党务报告之类是自己直接在钢板上写的以外,从头至尾都是陈延年一个人包办的。"

这年8月,由一位名叫阮爱国的越南人介绍,陈延年、陈乔年、王若飞、赵世炎、萧三5个年轻人一起加入了法国共产党,开始在巴黎十三区过组织生活,并交纳党费。这位阮爱国,就是后来的越南共产党领导人胡志明。1923年,兄弟俩正式转为中国共产党党员,与父亲陈独秀不约而同地走上了同一条道路。

不久,兄弟俩听从党的指示,从巴黎去往莫斯科东方大学,接受系统的马克思主义理论学习。第二年,中国国内的形势发生了巨变,中国共产党和国民党实现了第一次合作,中共中央

决定从莫斯科抽调一批年轻的干部回国工作。这时候，陈延年、陈乔年兄弟俩又携手返回了祖国。

回国后，陈延年到南方广州，先是负责共青团广东区委工作，不久又从周恩来手上接任了中共广东区委书记的职务。陈乔年回到北京，担任中共北方区委组织部部长，协助李大钊和赵世炎领导北方的工农学生运动。

1926年3月12日，冯玉祥率领的国民军与奉系军阀开战。冯玉祥的军队在大沽口一带炮击了支持奉系的日本军舰。当时，日本联合英、美、法等7国公使，以在大沽口设防违背了《辛丑条约》为由，向北洋政府抗议，还发出了最后通牒，威逼北洋政府撤掉大沽口的炮台。

3月18日上午，中国共产党和国民党一起，发动了北京几十所学校的数千名师生，在天安门举行了一场声势浩大的"反对八国通牒国民大会"。会后，陈乔年、李大钊、赵世炎率领两千多人的请愿团，冲进北洋政府段祺瑞的办公室，要求无能的政府驳回八国列强的最后通牒，驱逐他们的公使。但是，段祺瑞没在办公室，执政府卫队长竟然下令朝着请愿团开枪，造成了震惊中外的"三一八惨案"。请愿团死伤200多人，陈乔年也在撤退时受伤流血。鲁迅先生在名文《纪念刘和珍君》里，写到了这次惨案的经过。

年轻的陈乔年在一次次流血斗争中得到锻炼，迅速成长为一位成熟且坚定的革命者和革命事业的领导人。这一年的下半年，遵照党的指示，陈乔年从北京回到上海工作。

有一天，汪原放向陈乔年提出想加入共产党的队伍。陈乔年一听，很是高兴，就满怀信心地对汪原放说："国民党是解决不了什么问题了，他们只能完成推翻清政府的任务。现在孙中山先生又不在了，国民党的问题很多。"

"所以我才愿意加入共产党，和你们站在一起嘛！"汪原放说。但陈乔年把他打量了一番，又幽默地说："我把你放在解剖台上，反过来看看，覆过来看看，觉得你还是一个国民党左派。"

汪原放一听就明白了，陈乔年的意思是说，要加入共产党，是有严格的标准的，有这个意愿很好，但还需要进一步经受锻炼和考验。同时，陈乔年的一番话也让汪原放真切地感受到，站在自己面前的陈乔年是一位共产党的成熟和老练的青年领导者。

1927年，25岁的陈乔年在中共五大上当选为中央委员，并任中共中央组织部副部长。

这时候，作为共产党在南方的领导人之一的陈延年，与邓中夏等党的领导人一起，把南方的革命事业搞得轰轰烈烈，组

织和领导了震惊中外的省港大罢工等革命运动。

陈延年在广东工作时，生活依然艰辛和清苦。作为中共广东区委书记，他的办公室里只有一张条桌、一把旧藤椅和一个旧书架。他虽然近30岁了，但一直在为党的事业奔走，还从未考虑过个人问题，也没有一个像样的小家。吃饭、睡觉、学习，大部分时间都和同志们一起。当时，有一位俄国顾问苦笑着说："陈延年不单单在思想上是无产阶级的，相貌上也是无产阶级的。"原来，因为每天忙于工作，没有时间和心思打理头发，他经常把自己剃成光头，一年四季都和工友们一样穿着工装，看上去就跟做苦力的工人一模一样。

在这期间，陈延年与父亲陈独秀还产生了思想上的分歧，父子二人超越亲情，爆发了两条路线的斗争。

原来，1926年1月，在国民党召开"二大"时，陈延年和当时在广东的周恩来、吴玉章、毛泽东等共产党领导人商量，打算趁此时机，团结国民党左派势力，制止国民党新右派势力抬头。他们把这个建议报告给中共中央后，却遭到了中央领导人陈独秀、张国焘的反对，结果酿出了"中山舰事件"等一系列由蒋介石操纵和策划的破坏国共统一战线的反革命事件。在革命处于紧要关头时，陈延年站在共产党人的坚定立场上，与陈独秀、张国焘等主张妥协退让的右倾机会主义者，展开了针

锋相对的斗争。

1927年4月，陈延年从广东来到上海工作，担任中共江浙区委（也称上海区委）书记。陈延年认为，清简的生活反而能使他有更多精力投入到工作中去，所以他为自己制定了一个"六不"原则：不闲游、不看戏、不照相、不下馆子、不讲衣着、不作私交。

不久，蒋介石在上海发动了四一二反革命政变，向共产党人举起了屠刀。一时间，腥风血雨、白色恐怖，笼罩着整个上海。出于斗争需要，中央决定撤销江浙区委，成立江苏省委，由陈延年担任江苏省委书记。

6月26日上午，江苏省委正在开会时，突然接到报告，党内的一名交通员被捕了。为了安全起见，会议立即中止了。下午1点钟，陈延年担心省委机关的安全，就和几位同事一起悄悄返回原处探视情况，不料被大批军警包围。为了掩护其他同志撤离，陈延年和当时的江苏省委组织部部长郭伯和等，拿起桌椅板凳，与荷枪实弹的军警殊死搏斗，终因寡不敌众而落入了敌手。

陈延年被捕时，穿着短衫，裤脚上还扎着草绳，看上去像个干粗活的工人。一开始，国民党并不清楚他的真实身份，但不久，与他一同被捕的人员中有人叛变了，供出了陈延年的真

实身份。

7月4日，国民党把陈延年秘密押赴刑场。刽子手喝令陈延年跪下，他正气凛然地回答道："革命者光明磊落、视死如归，只有站着死，决不跪下！"最后，他被国民党按在地上，以乱刀残忍地杀害了。

这年冬天，白色恐怖还笼罩在血迹未干的上海街头。陈乔年接受党的指示来到上海，担任中共江苏省委组织部部长。

1928年2月16日，江苏省委在上海英租界的北成都路刺绣女校秘密召开会议，会议由陈乔年主持。由于叛徒告密，会场被巡捕包围了。当时陈乔年正在讲话，手上拿着一本杂志，杂志里夹着党的文件……

陈乔年被捕入狱后，敌人为了逼迫他说出党的秘密，对他实施了各种酷刑，但他一直咬紧牙关，威武不屈。陈乔年生性乐观，即使在狱中，在敌人的百般折磨下，难友们仍然能看到他坚毅、自信的青春笑容。

有一次，他被审讯后回到牢房，难友们见他被打得遍体鳞伤，就赶紧上前安慰他，他却鼓励难友们说："不用担心，这没什么，无非是吃几下耳光，挨几下火钳，受几下皮鞭，能奈我何！"

1928年6月6日，也是在哥哥陈延年就义的上海龙华，陈乔年赤着鲜血淋漓的双脚，视死如归，走出监牢。临别时，他

鼓励难友说：不要难过，要继续战斗下去！难友问他还有什么话要说，他最后看了一眼远处的天空，满怀期待地说道："让我们的子孙后代享受前人披荆斩棘带来的幸福吧！"然后慷慨赴死，年仅 26 岁。

2021 年 7 月 1 日这天，在延乔路路牌下摆满的鲜花丛中，有一张卡片上这样写道："延乔路虽短，但尽头却是繁华大道。这短短的路途，却经历了一百年的艰苦奋战。这盛世，如你们所愿；这盛世，我们会是你们的双眼，替你们看遍……"

穿越时空的家书

※

山河不会忘记你,大地不会忘记你……

坐落在美丽的东湖之畔的湖北省博物馆里,收藏着一封珍贵的家书原件。写信人是中国共产党的先驱和创始人之一陈潭秋烈士。

陈潭秋(1896—1943),名澄,字云先,号潭秋,湖北省黄冈人。1920年,陈潭秋与董必武等人在武汉创建中国共产党早期组织;第二年7月,他又与董必武一起赴上海参加了党的第一次代表大会。

1928年8月,作为党中央的领导人之一,陈潭秋被派往山东和满洲巡视工作。当时,满洲的工作环境十分危险,陈潭秋胆大心细,在环境险恶的沈阳、哈尔滨顺利地完成了各项巡视工作。1930年秋天,他化名"孙杰",奉党的指示再次返回满洲,担任满洲省委书记。

1930年12月7日,他在哈尔滨召开北满特委会议时,敌

人包围了会场。陈潭秋临危不惧，抢在敌人下手前鼓励战友们说："无论怎样，我们共产党人都要坚定自己的立场啊！"正是他在关键时刻说出的这句话，坚定了战友们的斗志，被捕的战友都坚守了自己的立场和气节。两年后，经党组织多方营救，陈潭秋才走出牢狱，返回上海。

1933年夏天，国民党反动派在上海疯狂搜捕和屠杀共产党人，党中央决定让陈潭秋撤离上海，转移到江西中央苏区。此时，陈潭秋的夫人徐全直已近临产期，只得暂时留在上海。

后来出于革命工作的需要，陈潭秋夫妇忍痛把自己的两个孩子送到了外婆家由亲人抚养，他们却收养了一位革命烈士留下的孤儿。

1933年2月22日，陈潭秋在写给老家的三哥、六哥的一封家书中，披露了自己和妻子颠沛流离、居无定处，几乎舍弃了家庭的安稳与幸福的实况，也表达了对缺失父母之爱的孩子们，以及对孩子们的外婆造成的连累而难以释怀的愧疚。从这封家书中，我们也感受到一位革命者为了劳苦大众的幸福，为了革命事业，甘愿忍痛割爱、牺牲自己的一切的情操和决心。

三哥、六哥：

流落了七八年的我，今天还能和你们通信，总算是万幸了。

诸兄的情况我间接又间接的知道一点，可是知道有什么用呢！老母去世的消息，我也早已听得也不怎样哀伤，反可怜老人去世迟了几年，如果早几年免受许多苦难呵！

我始终是萍踪浪迹、行止不定的人，几年来为生活南北奔驰，今天不知明天在那里。这样的生活，小孩子终成大累，所以决心将两个孩子送托外家抚养去了。两孩都活泼可爱，直妹本不舍离开他们，但又没有办法。直妹连年孕、产、哺，也受累够了，一九年曾小产了一男孩，二十年又产一男孩，养到八个月又夭折了，现在又快要生产了。这次生产以后，我们也决定不养，准备送托人，不知六嫂添过孩子没有？如没有的话，是不是能接回去养？均望告知徐家三妹（经过龚表弟媳可以找到）。

再者我们希望诸兄及侄辈如有机会到武汉的话，可以不时去看望两个可怜的孩子，虽然外家对他们痛爱无以复加，可是童年就远离父母终究是不幸啊！外家人口也重，经济也不充裕，又以两孩相累，我们殊感不安，所以希望两兄能不时地帮助一点布匹给两孩做单夹衣服（就是自己家里织的洋布或胶布好了）。我们这种无情的请求望两兄能允许。

家中情形请写信告我，经徐家三妹转来。八娘子及孩子们生活情况怎样？诸兄嫂侄辈情形如何？明格听说已搬回乡了，生活当然也很困苦的，但现在生活困苦，决不是一人一家的问题，

已经成为最大多数人类的问题（除极少数人以外）了。

（我的情况可问徐家三妹）

弟 澄 上

二月二十二日

信中说到的"一九年""二十年"，是指民国19年、20年，即1930年、1931年；"直妹"即妻子徐全直；"徐家三妹"指徐全直的三妹。不幸的是，陈夫人徐全直后来也落入了敌手，1934年被反动派杀害在南京雨花台下。

1939年，陈潭秋奉命作为中共中央驻新疆代表和八路军驻新疆办事处负责人，在新疆展开工作。当时，长期盘踞新疆的是国民党军阀盛世才。在新疆的日子里，陈潭秋与明面上高叫着"抗日"，暗地里却尽耍花招、保存实力、不断破坏抗日民族统一战线的军阀展开了针锋相对的斗争。

到了1942年，盛世才的两面派面目已经暴露出来了，党中央为了陈潭秋等人的安全，就电告他们，尽早全部撤离新疆。当时，从新疆通往延安的道路已经被国民党封锁了，只有先撤往苏联，才能绕道回到延安。陈潭秋和同志们制订了一个三批撤退的计划，陈潭秋把自己列入了最后一批。战友们希望他先撤离，他说："党交给我的任务是把大家安全撤出去，只要还有一个同志在新疆，我就不能先离开。"

他充分估计了形势的严峻,就用文天祥在狱中写下的《正气歌》激励着战友们说:"富贵不能淫,贫贱不能移,威武不能屈。我们共产党人的浩然正气,定然能胜过文天祥十万八千倍!天山茫茫,前路漫漫,我们每个同志都应该有足够的精神准备!"

1942年9月17日,反动军阀盛世才彻底撕下了伪装,以共产党"阴谋暴动"为借口,把陈潭秋、毛泽民等一大批共产党人监禁起来。陈潭秋和战友们在远离中央的戈壁上,在敌人地狱般的监狱里,经受了种种惨无人道的折磨后,却始终坚贞不屈,断然拒绝了军阀要他们在"脱党声明"上签字的要求,表现出了共产党人大义凛然、忠贞不屈的崇高气节。

陈潭秋和徐全直两位烈士的长子名叫陈鹄,小名平平。自从5岁那年,父亲的一封"托孤信",把他和姐姐托付给湖北老家的外婆后,从此他再也没有看到过父母的身影。

1942年,正在家乡上中学的陈鹄,想去延安寻找自己的父亲。舅舅带着他,找到陈潭秋的老战友董必武。董老看到这个正在成长的黄冈少年、革命的后代,十分欣慰,就告诉陈鹄说,他的父亲此时应该不在延安。为革命奔波的人总是行踪不定,而且大多时候还得使用秘密的化名,所以现在陈潭秋究竟在哪里,谁也不清楚。董老叮嘱少年说:"你眼下的任务是好好学习,将来革命胜利了,国家需要人才,就可以为国家多做贡献,到那时候,说不定也能见到你的父亲了。"

遵照董老的教导,少年陈鹄留在重庆求学,直到重庆解放。然而,随着时间一天天过去,他却没有打听到父亲的一点儿消息。有一天,他鼓起勇气,向新成立的人民政府打听。人民政府的工作人员告诉他说:"只要一有你父亲的消息,我们会立刻通知你。"

可是,仅仅过了两三天,陈鹄从贴在学校布告栏的一张报纸上,看到一则醒目的消息:杀害陈潭秋等烈士的罪犯已经伏法……这时,陈鹄吃惊又痛苦地接受了一个事实:自己的父亲陈潭秋已经为革命献身了!他多年来一直想要找到父亲的愿望,成了一种永远的痛!

原来,1943年9月27日,陈潭秋、毛泽民等人在新疆已被敌人秘密杀害。这一年,陈潭秋47岁。烈士们的鲜血,染红了秋风萧瑟的北疆大地。因为音讯隔绝,党中央无从知道他已经牺牲的消息。在他被杀害一年多之后召开的中共七大上,陈潭秋仍被选为了中央委员。

2021年中国共产党成立100周年。这一年,陈鹄也已93岁高龄。在这个特殊的年份,陈鹄想到父亲是中共一大代表,是党的先驱之一,父辈们毕生为之奋斗和用鲜血浇灌的理想之花,已经灼灼盛开,所以老人就想,应该给一定还在天上深情地瞩

望着这片大地的父亲,写一封回信——哪怕是一封迟到了88年的回信,也定可告慰父亲和父辈们的在天之灵。于是,93岁的老人提笔这样写道:

亲爱的爸爸:

"爸爸""妈妈",这两个崇高的、温馨的、令人心醉、心碎的称呼,我已经有88年没有直接地、有效地使用和享受过了。

我和姐姐到外婆家后,全家人对我们都很爱护,外婆更是对我们充分发挥了她的"母爱"情操,我们俩成为家中的宠儿。但是我们还是非常想念你们。

在老家湖北省黄冈市黄州区陈策楼村,乡亲们都把您看成黄冈人民的好儿子,黄冈人的骄傲。家乡的父老们至今津津乐道上世纪20年代初,您在家乡亲手创立的鄂东地区第一个党支部,播下革命的种子。

……

当年您夙夜期盼的国富民强,如今山河犹在,国泰民安,人民安居乐业,一片欣欣向荣。这盛世繁华,正如您所愿。您曾经生活过的小山村如今也已成为远近闻名的幸福村,曾经受苦受难的父老乡亲也过上了幸福小康的新生活。

1927年,您的故居被反动派烧毁,只剩下孤零零的三块条

石构成的门框。陈策楼村的乡亲们，保护下了这个门框，30多年，它一直耸立在那里，成为一个特殊的标志，既寄托了乡亲们对您和妈妈，还有八叔一共三位烈士的怀念，也成为揭露反动政权罪行的铁证。现在故居已在原址复建，门框还是原来的三块石头，并以故居为中心，形成了陈潭秋故居纪念馆、生平重要事迹展览馆、铜像广场、宣誓广场等为一体的红色景区，每年都有20多万人次前来瞻仰、祭奠您。

　　山河不会忘记你，大地不会忘记你，因为你曾在这里洒下一片深情。爸爸，您现在长眠在乌鲁木齐烈士陵园，因为路途遥远，儿女们没法经常前去祭奠和扫墓，但您放心，您的几个儿女，虽有着不同的成长轨迹，但没有一个人抱怨过爸爸妈妈"舍弃"了我们。我们都理解您对党的忠诚，会把这份忠诚，一直传承下去！

您的儿子　平平

　　是的，今天这盛世，已如父辈所愿。烈士们殷红的热血，早已经化作了北疆大地上盛开的马兰花，化作了天山脚下坚韧的红柳和芨芨草……

初心

- 贺页朵的宣誓书
- 永远燃烧的火炬
- 金色的鱼钩
- 温暖的炭火
- 闪亮的初心
- 孔雀河边
- 马兰芳华
- 捡果核的老人
- 马兰村的歌声

贺页朵的宣誓书

※

桐油灯橘黄色的灯光,照亮了这位憨厚、朴实的农民激动的脸庞。

中国革命历史博物馆里,珍藏着一份特殊的入党宣誓书。说它特殊,是因为短短的仅有 24 个字的宣誓书里,写有 6 个错别字:"牺牲个人,言首纰蜜(严守秘密),阶级斗争,努力革命,伏(服)从党其(纪),永不叛党。"

这也是中国共产党史料里现存的最为"独特"的一份入党誓词。宣誓书经历了漫长的岁月,虽然布片和字迹变得陈旧模糊了,但是透过拙稚而认真的字迹,人们仍然能真切地感受到宣誓人对共产党、对革命的那份炽热的忠诚与坚定的信念!

这份宣誓书的主人名叫贺页朵。宣誓书的背后,有一个感人的故事……

贺页朵是江西省永新县北田村的一位贫苦农民,因为家境贫寒,从年轻时候起,就靠着给人榨油、打短工维持生计。

当井冈山一带的农民运动,像地火一样燃烧起来的时候,

贺页朵也拿起梭镖、镰刀，义无反顾地加入了农民武装，后来还担任了北田村农民协会副主席。

1927年10月，毛泽东率领秋收起义的工农革命军来到井冈山，创建了井冈山革命根据地。41岁的贺页朵，渐渐懂得了，工农革命军是为穷苦老百姓打天下的队伍，他的革命热情更加高涨了！

为了帮助红军搜集和传递情报，贺页朵把自家的榨油坊作为红军的秘密联络点，建立起了一个地下交通站。

这时候他正值壮年，帮助红军做事，每天好像有使不完的力气，运送红军伤病员、拖毛竹、运食盐、挑粮食和南瓜……他样样都跑在前面。此外，他还多次参加红军攻打永新和吉安的战斗。

1931年1月，因为贺页朵的积极表现，永新县的党组织批准了他的入党申请。

1月25日晚上，就在他家的榨油坊里，在一盏昏暗的桐油灯下，党组织为他举行了一个庄严的入党宣誓仪式。

桐油灯橘黄色的灯光，照亮了这位憨厚、朴实的农民激动的脸庞。

贺页朵颤抖着双手，拿出了一块事先就准备好的红布，恭恭敬敬地在上面写下了"中国共产党"的英文缩写"CCP"3个

字母，接着又在红布正中央一笔一画、用力地写下了前面说到的那 24 个字的入党誓词。

贺页朵只上过夜校识字班，会写的字不多，所以仅有 24 个字的入党誓词，他就写错了 6 个字。

不过这丝毫没有减弱他对党的忠诚信仰，还有他心中的那份庄严感和神圣感。

写完了誓词，他又在红布两边认真留下了自己的姓名，还有入党的时间和地点：中国共产党员贺页朵；地点北田村；1931 年 1 月 25 号。

贺页朵当然知道，在当时，国民党反动派正在疯狂制造白色恐怖，恨不得对所有的"红区"都来上个"茅草要过火，石头要过刀"。这时候，一位农友把自己的名字和入党地点写在入党誓词上，那无疑是要冒着杀头和被"斩草除根"的危险的。

但贺页朵毫不畏惧国民党反动派制造的白色恐怖。他相信共产党和工农红军，就像扑不灭的山火、烧不死的井冈翠竹，他对革命充满了质朴而坚定的信念。贺页朵入党后，革命的热情更高了。

1934 年 10 月，中央红军主力部队被迫进行战略转移，离开了井冈山根据地，开始了二万五千里艰难的长征。

在长征开始前的一次战斗中，贺页朵不幸身负重伤，无法

跟随大部队转移了。他只能留在永新县，继续坚持斗争。

后来，在国民党反动派越来越残酷的搜剿和封锁下，贺页朵与当地的党组织失去了联系。但他时刻牢记自己共产党员的身份，牢记在桐油灯下宣过的誓言。他像一颗不熄的火种，在山岭间隐藏了下来，等待着春风吹来，映山红重新盛开的日子。

他把自己亲手写下的那份入党誓词，看得比自己的生命还要珍贵。他不惜冒着被杀头的危险，用油纸把入党誓词层层包裹起来，藏在自家榨油坊的屋檐下。

有时候，夜深人静时，他就像一只失群的孤雁，想念党组织，想念那些红军"同志哥"。实在想得不行了，他就偷偷地把入党誓词取出来，小心翼翼地打开油纸包，在深夜里对着这块红布上的字，一句一句地，默默诵读了一遍又一遍……

新中国成立后，1951年，中央派出以谭余保为首的慰问团，来到老革命根据地慰问。到达江西永新时，已经60多岁的贺页朵，用颤抖的双手，把这份保存了近20年的入党誓词，郑重地交到了谭余保的手中……

后来，这份特殊的、极其宝贵的入党宣誓书，由中国革命历史博物馆收藏，成为一件激励所有党员不忘初心、坚守信念的珍贵文物。

永远燃烧的火炬

※

洁白的山茶花,宛若在由衷地祝福我们这些幸福地活在世上的人。

共产党人和革命者,总是艰难地解决和完成着人民和历史交给他们的一个个使命。20世纪30年代的一个深秋,在湘鄂赣边区的龙港镇郊外,发生过这样令人难忘的一幕——

秋夜,松树冈上一片肃穆。静谧的星光透过稀疏的松枝,洒在安静的松林中。这里是一片培了新土的红军战士和赤卫队员的新墓。

一座座坟墓上插着新扎的纸幡。一位70多岁的老爹爹,正在星光下为每个坟头缓缓地撒着黄色纸钱……

远处,不知是谁正用唢呐吹响一曲悲怆和辛酸的《长工谣》。淡淡的星光,映照着这位老爹爹饱经风霜的脸庞。老人的眼里噙满了泪水……

纸钱一把把地撒出,静静地,像黄色的花瓣一样飘落。悲怆的《长工谣》宛如从天边传来的安魂曲……

这时候，一位年近35岁的红军军团长，也一个人背着手，默默地走进了这片夜色中的墓地。他是前来看这些跟随他转战湘鄂赣边区多年，而今却长眠在这里的战友和弟兄们最后一眼的。

借着朦胧的星光，年轻的军团长默默地弯着腰，一一辨认着每一座坟前的那一小块石碑上的名字。他粗壮而温热的大手，轻轻地抚摸着一块块简单镌刻着红军战士英名、籍贯和年龄的石碑……

军团长泪水纵横，不时地站在坟前默哀，和老爹爹一起，无声地撒着纸钱。

老爹爹擦着老泪喃喃自语："都是些多好的孩子啊，多年轻咯！可都比我老汉先走一步了……"

军团长也沉痛地叹息说："是啊，也许没有人再会记起他们的名字和相貌了！他们在这块土地上劳动、受苦、牺牲，过早地抛下了自己的父母、妻子和儿女……"

说到这里，军团长举手加额，依依惜别了这片遍布松柏的寂静的墓地。他深情的心声，掠过了每一座坟头："安息吧，亲爱的同志们、弟兄们，我的好战友们！"

当最后一把纸钱缓缓地飘落到这些英灵的坟头时，这位军团长和幸存下来的战士们已经擦干了热泪，踏上了新的征程……

在黎明到来之前的湘鄂赣边区的大地上，年轻红军们坚实的脚步，宛若一支不可阻挡的铁流，正向着革命期待着他们的地方奔去……

多年以后的今天，当我们作为后来者重新踏上这片土地，来寻找这片年代久远的墓地时，出现在我们面前的，却只有一片白茫茫的荻花在秋风中摇曳，一簇簇洁白的山茶花，在向我们点头致意，宛若在由衷地祝福我们这些幸福活在世上的人。

有谁能够相信，这么多为国捐躯的红军战士的英灵，在很长时间里，几乎被人们遗忘了！当地一位守墓老人告诉我说，有一些年月里，一些墓碑被挖去做了路基、砌了高炉，有的被搬去修了大堤……墓碑没有了，剩下的只是一片曾经浸染着血与火的深厚的泥土。我们的人民，只能用怀念、用泥土，守护着他们的灵魂，将一座座"非人工的纪念碑"，矗立在一代代人的心中。

我的心灵和脚步，在这片被遗忘的墓地上痛苦地踟蹰、叹息。我看见，我们同行的一位中年男子，一位一向怀有"红色情结"的电影导演，竟情不自禁地扑通一声，跪倒在了一片荒丘上号啕痛哭起来……

我感到，他仿佛代表着每一个年轻的后来者，在痛悼着被重新记起的英烈。是啊，有谁感到失去了什么，也许从这里都

能够找回；有谁曾经遗忘了什么，也许从这里都可以重新记起。

我不知道该向这片荒芜的墓地敬献些什么，才不至于使我的悼念苍白无力。一束洁白的山茶花？一捧新土？不，这些自有永远守护着先烈英灵的大地母亲敬献给他们——而且也只有他们，才配真正地拥有这一切。

我想起一位文学大师，在悼念一位逝者时所说的话语："大地与苍穹都有阴晴圆缺，但是，这人间与那天上一样，消失之后就是再现。一个像火炬那样的男人或女子，在这种形式下熄灭了，在思想的形式下又复燃了。于是人们发现，曾经被认为是熄灭了的，其实永远不会熄灭。这火炬燃得比以往任何时候更加光彩夺目……"

没有错，当共和国的天空朝霞灿烂的时候，新中国已经进入崭新的时代，我也愿以此文，敬献于这片遥远的墓地之上。祭奠那些曾经像火炬一样，为了新中国的诞生而牺牲在这片土地上的年轻的红军战士！

金色的鱼钩

※

草地上的"鱼汤宴"……胜过世界上最美味、最丰盛的宴席。

在中国人民革命军事博物馆里,收藏有一枚小小的、珍贵的鱼钩。鱼钩原本是参加过长征的老一辈革命家陆定一珍藏的。这其中有一个动人的故事,陆定一用第一人称"我"(小梁)的口吻,把这个故事讲述了出来。这篇故事还被选进了小学语文课本里。

红军长征经过大草地的时候,还有另一个跟鱼钩有关的故事。

1933年12月,还只有14岁的少年莫异祥,跟随着经过自己家乡的红军队伍,加入了长征的行列。

红军队伍中,像他这样在长征中途参加红军、走上革命道路的"红小鬼"还有很多。他们的加入,也正好证明了伟大的长征一路上确实就像"宣传队""播种机"一样。

莫异祥刚加入红军时,因为年龄小,个子矮,连枪都扛不

了，部队先是把他送到红四方面军总医院"列宁学校"学习了一段时间，然后把他分配到红三十一军九十三师二七九团卫生队，后又调到二七九团特务连。当时的特务连又担负着"收容队"的任务，走在红三十一军最后面，执行收拢伤员和鼓励、保护那些掉队的士兵的任务。

在长征最艰苦的时候，最考验红军将士的就是食物问题。那时，饥饿时时刻刻困扰着红军将士，为了生存，他们只能靠吃草根、嚼树皮、煮皮带……维持着生命。不过，意外的是，莫异祥所在的部队在过草地时，有一次竟全员吃上了一顿美味的"鱼汤宴"。

这是怎么一回事呢？原来，那顿"鱼汤宴"，只不过是一大锅水里煮着三条小草鱼。

过草地时，大部分红军都没有吃的了，一些将士因伤病或饥饿等原因，落在大部队后面。为早日走出茫茫的大草地，那些身体略微强一点的帮助身体虚弱的，年长的帮助年轻的，男同志帮助女同志。在艰难困苦面前，大家互相鼓励，只要有信念、有毅力，就一定会走出草地。

有一天，大家实在是走不动了，连长、指导员看到大家饿得厉害，便招呼说："同志们，我们停下来休息一下，烧水、吃干粮。"

其实，哪里还有什么干粮！大家都明白，连长说的只是一句鼓劲儿的话罢了。休息时，大家拾来一点柴火开始烧水，有的用自己的洋瓷缸，有的干脆就用洗脸盆烧水。

莫异祥看到大家饥肠辘辘的样子，十分着急。他看着不远处有一个水潭，心想，说不定里面会有鱼呢！于是，他灵机一动，趁大家烧水喝的时候，把帽子上缝衣服的针拿下来，在火中烧了烧，弯成了一个小鱼钩，然后就和一位名叫杨长万的排长一起，到水潭边钓鱼去了。

过了一会儿，他们竟然真的钓到了3条小草鱼。大家高兴得不得了，立即搬来一口大锅，烧了满满一大锅水，把3条小草鱼简单收拾后往水里面一放，再把仅有的一小撮盐往锅里一撒，大家围在一起，心里别提有多开心了，有的战士情不自禁地说："真香啊！真香啊！"

鱼汤煮好了，有的战士喝了一碗再来一碗，有的喝得更多。全连官兵已经连续三天没吃过一点儿东西了，一会儿工夫，一大锅鱼汤就被喝得一干二净。

喝完鱼汤，大家顿时感到浑身有力。"鱼汤宴"给了全连官兵很大的鼓舞。三天后，历尽千辛万苦的部队终于走出了草地。

大家说，草地上的"鱼汤宴"，简直就是一支革命的"强心针"，胜过世界上最美味、最丰盛的宴席。

温暖的炭火

* * *

"老百姓都舍不得吃鸡蛋,八路军战士哪能比老百姓吃得好!"

夏天来到了陕北高原,火红的山丹丹花开满了崖畔。小宝赶着羊群,跨过清粼粼的小河,又到山坡上放羊来了。

这时,年轻的八路军战士张思德,正在河边挑水帮老乡浇地。天气好热,张思德脱去了灰布军装上衣,白色的衬衣扎在军裤里,裤腿挽得高高的,看上去好精神!

"张思德叔叔,你又在帮爷爷浇地呀!"小宝把羊儿赶到草坡上,也过来帮着张叔叔往地里浇水。

"看,小宝,我在塬上挖到一棵山丹丹花,待会儿栽到窑洞边。"张思德欣喜地给小宝看他挖到的山丹丹花。山丹丹花的根上兜着一兜泥土,枝头上有好多红艳艳的花蕾。

小宝数了数花蕾,说:"张叔叔,你知道吗?这棵山丹丹花比我还大,有9岁啦!"

"咦?你是怎么知道的?"

"山丹丹每长一年,就多开一朵花,你看嘛,有九个花苞苞。"

"小宝,你说,山丹丹花种在窑洞前,能活吗?"

"能活呀,当然能啦。山丹丹花像延安的老百姓,坚强得很哩。"

"对对,也像延安的小孩子,纯朴得很,美得很哩!"

"张叔叔,等我长大了,也跟你们一样当八路军,好不好?"

"好哇好哇!"张思德把军帽戴到小宝头上,小宝学着八路军的样子,给张思德敬了个礼。

"嚄,真像一个小八路呀!"张思德一边浇地,一边笑着问,"小宝,当八路军,为的是什么呢?"

"为的是早早赶走日本强盗!"

"将来有一天,我们胜利了……对了,'将来'是怎么回事儿呀?"

"将来嘛,全国都解放了,老百姓都过上了好日子,娃娃们都能唱着歌子去上学啦!"

"说得对呀,真不愧是延安的红孩子,觉悟不低嘛!"

"张叔叔,听说你小时候也是个放羊娃?"

"不光是个放羊娃,砍柴工、当小苦力,什么都干过。是共产党、毛主席领导的工农红军,来到我的家乡,救出了我们这些穷苦孩子,让我很快就变成了一名革命战士……"

白云停留在高原的山头，忙碌的紫燕在空中呢喃，河边飘拂着轻扬的杨柳。延安城外的夏天郁郁青青。

远处的山塬上，不时地飘来八路军战士和老乡们唱出的悠远的信天游："山尖尖长出的灵芝草，没有谁比得过八路军好；八路军个个是好汉，为咱穷苦人打江山。……"

1940年夏天，国民党反动派对延安和边区的军民施行了军事"围剿"和经济封锁。延安人民的生活越来越艰苦了！

张思德是中央军委警卫营通讯班的班长。这天，他和战士们在窑洞前吃午饭时，小宝正好赶着羊群经过这里。

"小宝，过来一起吃呀！"张思德笑着递给小宝半块玉米饼子。

当时正处在最艰难的抗战时期，不论是八路军首长还是战士，吃的饭菜都很差。小宝摆了摆双手，说："张叔叔，你们自己都吃不饱哪！"

"吃吧，小宝，只要老百姓吃得饱，我们饿着肚子也高兴。"张思德把半块饼子装进小宝口袋里说，"咬咬牙，再坚持一下，困难就会熬过去的！"

又过了几天，小宝给张思德的通讯班送来一小篮子鸡蛋。张思德捧着鸡蛋篮子问道："小宝，我问你，你在家里有鸡蛋吃吗？"小宝只好如实地摇了摇头。

"爷爷说，你们要打仗，还要开荒生产，需要力气。"

"不，把鸡蛋拿到集市上卖了，能换回你们全家人需要的油和盐。"张思德带着小宝，又把鸡蛋送回了小宝家里。

"老百姓都舍不得吃鸡蛋，八路军战士哪能比老百姓吃得好！"从此，小宝更加懂得了一个道理：共产党领导的八路军战士，首先想的是怎么样让老百姓吃得饱、穿得暖，而不是自己要比老百姓吃得好。

大雁排着"人"字形，飞过高高的清凉山，朝着南方飞去。冬天快要到了。

为了让中央机关冬天里有炭火取暖，张思德带领一班人，来到延安南边土黄沟的深山里，砍柴、伐木、烧炭。

烧炭先要打炭窑，洞口很小，里边很大，木材一根根竖立在窑中。点火后还要仔细掌握火候。开窑出炭时，人再爬进炭窑，把木炭一根一根地传出来，放在外边冷却一阵。每进一次窑，人就被蒸烤得好像要脱去一层皮。不过，这种最累最苦的活儿，张思德总是抢在最前面。苦战了三个月，他和战士们烧出了40000公斤木炭。

小宝和爸爸、爷爷，还有乡亲们，都加入了运木炭的队伍。张思德在后面推着装满木炭的独轮车，小宝在前面用力拉着，把木炭运回了延安，使中央机关的工作人员过冬取暖有了保障。

1943年初夏,张思德来到延安枣园,在党中央毛主席身边,担任光荣的警卫战士。

每当冬天来临前,他还会和战士们一起去山里烧炭。他们借住在老乡家里。张思德每天早早起来,帮助老乡扫院子、担水、喂牛。

有一天,战士们从山上往山下背木炭。张思德背着一捆粗大的木炭,正往山下走,迎面来了毛驴驮子,驴背上驮着不少粮食。

张思德怕毛驴受惊,连忙后退着,找个地方躲了起来。等毛驴驮子走过去,赶驴的老乡走过来,连声道谢说:"同志,难为你这样为老百姓着想哪,真对不住啊!"

张思德笑着回答:"大伯,我们是人民子弟兵,就应该全心全意为老百姓服务嘛!"

黄土高原的冬天来得总是那么早。1944年,又一个寒冷的冬天临近了,张思德又带领战士,来到安塞县石峡峪村烧木炭。

张思德和4名战士,背上行李,带着锯子和斧头,走了五六里山路,进了深山,找到了一片青冈树林。青冈树木质坚硬,是烧炭的上等原料。

为了抢时间多烧几窑炭,张思德和战友们总是在炭窑压火后,木炭尚未完全冷却时,就顶着烤人的热气钻进炭窑洞,抢

着出窑。出窑时，窑内温度很高，有的木炭上还有火星儿，烤得人脸皮发痛，大汗淋漓。张思德在双手缠上好几层破布，站到窑洞最里边，快速地往外递送木炭。

他们把烧好的木炭用杨树条打成捆，再背到石峡峪村。没过多久，木炭堆放得像一座小山丘一样了。战士们看着自己的劳动成果，脸上笑得像盛开的山丹丹花。

这天，他们接到上级指示，留下两人看守木炭，等候马车前来装运；另外两人返回枣园执勤。张思德和一名战友留下来看守木炭。

张思德是个闲不住的人，每天还会独自上山打上几捆柴。想到烧炭的地方还留有一些砍下的青冈树，他就想赶在马车来运炭前，再去烧出些木炭来。

9月5日这天，天还没亮，张思德带上一点干粮，又和留守的战友一起进山了。临走时，他告诉房东大娘说，晚上回来会给她背一些碎木炭，好过冬取暖。可是到了晚上，大娘把晚饭热了几次，还不见张思德他们回来。

到了后半夜，鸡都叫了头遍了，也没见张思德的影子。大娘心里不安，就去找村长。村长放心不下，急忙带上几位乡亲进山，去找张思德。

村长和乡亲们来到烧炭的地方，看见窑前整齐地堆放着木

炭，炭窑却坍塌了。不好！一定是出事了！乡亲们赶紧拼命地挖着沙土……

原来，这几天石峡峪村一连下了好几场雨，泥土松软，导致窑洞突然塌方，张思德和他的战友都被埋在了里面。危急关头，张思德奋力把那位战友往外推了一把……

乡亲们拼命挖着沙土。埋在较浅处的那位战友被挖了出来，得救了，当乡亲们挖到张思德时，只见他直挺挺地站立着，手心还紧紧地握着一截青冈木，脚下还有一堆青冈木。

"张班长！张思德！"老村长和乡亲们大声呼唤张思德。可是，张思德紧闭的双眼再也睁不开了。

张思德牺牲时年仅29岁。他是八路军队伍中一名普通的战士，但他用年轻的生命，谱写了一曲忘我的、奋斗的壮丽之歌。

痛失了亲爱的好班长，战友们个个摘下军帽，笔直地站立着，低首默默地怀念张思德。

小宝跟着爷爷，站在张叔叔住过的窑洞前，大声哭着："张叔叔，你在哪里？你快回来呀！"

张思德不在了。但他栽种在窑洞前的山丹丹花，那么顽强地生长着，花朵开得那么旺盛。战友们说，火红的山丹丹花，就像张思德全心全意为人民服务的一颗红心，更象征着他永不停歇的奋斗精神。

闪亮的初心
——甘祖昌将军和龚全珍奶奶的故事

※

"你有什么打算,就向组织说吧,无论怎样我都支持你!"

2013年9月26日,习近平总书记在会见第四届全国道德模范及提名奖获得者们时,亲切的目光转向了坐在第一排的一位老人,饱含深情地对大家说:"我刚才看到这位老前辈,她就是我们的老将军甘祖昌的夫人龚全珍,今年90多岁了,我看到她以后心里一阵阵的感动。"

习总书记还给在场的300多位与会者讲述了甘祖昌老人的故事:"我当小学生时就有这篇课文,内容就是将军当农民,我们深受影响。至今半个世纪过去,看到龚老现在仍然弘扬着这种精神,今天看到她又当选全国道德模范,出席我们今天的会议,我感到很欣慰。我们要弘扬这种艰苦奋斗精神,不仅我们这代人要传承,我们的下一代也要弘扬,要一代一代传承下去。我再次向龚老前辈表示致敬。"习总书记话音刚落,全场响起了经久不息的掌声。

甘祖昌是江西省莲花县人，22岁那年（1927年）加入中国共产党，第二年参加了中国工农红军。他从红色根据地井冈山起步，跟随红军参加了长征，接着又参加了抗日战争、解放战争，是一位身经百战、战功赫赫的开国将军，荣获过八一勋章、独立自由勋章、解放勋章等。

1952年春天，正在新疆军区担任后勤部副部长的甘祖昌，在检查工作返程时，乘坐的车子翻到了河里，身负重伤，留下了严重的脑震荡后遗症。此后的那些日子里，他常常为自己的身体叹气，总觉得自己正当壮年，但为党、为国家做的工作太少了。

1955年，甘祖昌被授予少将军衔。有一天，他对妻子龚全珍说："比起那些为革命牺牲的老战友，我的贡献太少了，组织上给我的荣誉和地位太高了！"妻子理解他的心事，就说："你有什么打算，就向组织说吧，无论怎样我都支持你！"

于是，甘祖昌就不止一次地向上级打报告，请求组织批准他"解甲归田"，回江西老家去当一个普通的农民。

1957年，组织上经过研究，尊重和批准了他的请求。这一年8月，甘祖昌带着家人离开部队，回到了老家莲花县沿背村。这一年，甘祖昌将军52岁，龚全珍34岁。

从一位穿皮鞋的将军，一下子变成了田地里的"赤脚大仙"，

老家的乡亲们对甘祖昌的选择不能理解,觉得他"太傻"。有的乡亲还"数落"他说:"祖昌哪,你穿着草鞋从沿背村跟着红军队伍走了,好不容易打下了江山,打出了一个新中国,现在又打赤脚回到村里来,那你那么多年的仗不是白打了?血不是白流了?"

甘祖昌听了,哈哈一笑,连忙解释说:"共产党、毛主席领导的革命队伍,是为全国的老百姓打江山的,为所有的劳苦大众谋幸福的,可不是为了贪图个人的高官厚禄和生活享受哪!怎么能说是仗白打了、血白流了呢?"

"那你成了将军,又回到村里来种田、打柴,不后悔吗?"

"后悔啥呢?共产党人的本色,就是永远要艰苦奋斗嘛!"

甘祖昌一点儿也不后悔自己的选择,心甘情愿地当起了打赤脚的种田人。他经常是连一双草鞋都舍不得穿,早上赤脚出门,晚上赤脚回家。甚至还在家里定了个"规矩":孩子们也一律不准穿鞋下田。

这是什么规矩呢?夫人龚全珍和孩子们一开始也不太理解,更无法适应,特别是孩子们,一个月前还生活在北京的部队大院里,现在转眼都变成了打赤脚的"野孩子"。

过了好久,孩子们才渐渐明白了父亲的良苦用心。原来,赤脚不是为了省鞋。而是父亲从小当放牛娃、打柴懂得的一个

道理：在乡下，不会赤脚走路，就无法参加生产队的劳动，也就不能和农民打成一片、同甘共苦。

龚全珍也慢慢地理解了丈夫的苦心，全力支持丈夫对孩子们的要求。很快，龚全珍也从一位"将军夫人"变成了一个地地道道的农妇，和丈夫一起，用艰苦朴素的好家风，默默地影响着孩子们的成长。

从此，孩子们对父母亲的选择和教导，都更加理解和敬重，脚踏实地地跟着父亲、母亲不断学习各种农活技艺，踏踏实实当起了农民。

甘祖昌回到老家后，始终保持着老红军艰苦朴素的作风，一心一意帮助乡亲们排忧解难。在他的生活里，没有"享受"，只有"吃苦"和"奋斗"。他每次到北京开会，总是"上车前一碗面，车上一碗面，下车一碗面"，靠着简单的三碗面，就到了北京，从无例外。

有一年，他获知有一个水稻优良品种叫"清江早"，生长期只有70天，很是高兴，就对乡亲们说："全县有一万多亩秧田，要是种上'清江早'，正好赶上种晚稻，亩产五六百斤，就可增产五六百万斤哪！"

他到处打听在哪里能买到"清江早"的稻种，技术员说是清江县（今樟树市）农科所里有。甘祖昌说："好，你跟我一起去，

马上走!"技术员说:"清江火车站离县城七八里路,要不和县委联系一下,请他们派个车?"甘祖昌说:"七八里路算什么?走着去!不要给人添麻烦!"

那天不巧是下雨天,甘祖昌的布鞋上沾满了泥巴,赶起路来不方便,他索性脱掉鞋子提在手上赶路。那个年轻的技术员怎么也无法把这位甘爹爹和开国将军的形象联系在一起。

甘祖昌务农的沿背村,耕地多是冬水田,平均亩产总是很低。他带着乡亲们用挖地下水道排污水的方法,给农田开沟排水,使粮食亩产提高了50%。为此,他还被当时的中国科学院江西分院聘请为研究员。

后来,他又带着乡亲们经过多年奋战,在家乡修建了一座浆山水库和好几条灌溉水渠。水库建成后,他又和技术员研究建发电站、机械修配厂和水泥厂等配套工程。有了发电站,附近的村子家家户户都有了电灯,从此结束了点煤油灯的历史。乡亲们欣喜地说:"这电灯的光亮,是老红军给我们送来的哟。"

从1969年开始,甘祖昌又找来工程师,带着乡亲们,冒着严寒、顶着酷暑、餐风宿露、披星戴月地苦干了3年,在家乡修建了12座大小桥梁,改善了全公社的交通条件。

这时候,他的孩子们也都慢慢地长大成人了。孩子们从父母日常生活的言行中,真切地体会到了什么叫共产党人的"一生为党、一心为民",什么是艰苦朴素的"清白家风"。

孩子们成年后,也从来没有因为自己的父亲是新中国的开国将军,是国家和人民的功臣,而向组织要求什么"特殊的照顾"。至今,甘祖昌将军和龚全珍奶奶的后辈,都在平凡的工作岗位上默默地、勤勤恳恳地工作,老老实实、清清白白地做人,从来也没有给父亲和母亲"抹过黑"。时间长了,他们身边的同事和朋友,几乎没有谁知道,他们是战功赫赫的开国将军的后代。

甘祖昌有个孙子,名叫甘军。甘军19岁参军入伍,21岁成了一名光荣的共产党员,24岁转业回到家乡的工商部门工作。

无论是在部队,还是转业到地方的普通工作岗位,甘军一直把自己爷爷是新中国的开国将军这个秘密,深深埋在心底,踏踏实实在基层一干就是十几年,还主动要求到地处偏远、条件艰苦的高坑工商所工作。

一直到2010年12月中旬,甘军的一位领导接到上面的一个电话,特邀甘军参加甘祖昌将军塑像落成仪式,大家这才知道,甘军是老将军的嫡孙。这个秘密被甘军隐藏了十几年。

在部队服役时,有一次,甘军因公负伤,撞伤了右眼,在工作岗位上他从来没有对领导和同事提起此事,大家都以为他是因为近视才戴眼镜的。

甘军在谈起自己一直坚守的这两个"秘密"时,这样说:"我

很平凡，爷爷教育我，人生最重要的是要坚守信念，而不是对组织有所要求。在我心中，爷爷就是一盏明亮的灯。"

是的，甘祖昌不仅是嫡孙甘军心中的一盏灯，也是江西老区和全国的干部、百姓心中的一盏不灭的灯。

1985年，甘祖昌旧病复发了，新疆军区首长派人来慰问，提出要为甘祖昌在南昌盖栋房子养老。甘祖昌听了，以不容商量的口吻道："感谢组织上和同志们对我的关心，我已经80岁了，还盖房子干什么？为国家节省点开支吧。"

1986年春节过后，甘老病势转重。弥留之际，他还不忘给家人交代说："领了工资，留下生活费……其余全部买化肥农药，支援农业……不要给我盖房子……"

1986年春天，甘祖昌老人在故乡莲花县逝世。他没有为后代留下任何物质和金钱。他回乡29年来，每月的工资除了维持一家人的生活，其余的都尽量节省下来，用在为家乡添置和建设各种农业和水利设备上。仅是有据可查的数字，甘老陆续捐献给家乡的现金，就有8万多元，占他工资总数的70%以上。平时他为乡亲们救急解难拿出的钱，更是无法计算了。

甘老去世后，老伴龚全珍遵照丈夫的遗愿，继续艰苦奋斗、自强不息，也从来没有向组织提任何要求。后来，她当上了乡村教师，就用教书育人的方式，倾尽自己的所有，全心全意为

乡亲们排忧解难，在山区孩子们幼小的心田里播撒知识和美德的种子。

几十年下来，龚全珍自己早就记不清，她帮助和劝回过多少辍学、失学的孩子，为多少个贫困家庭的学生一次次默默地交了学费。

孔雀河边

——罗布泊采访纪事之一

*

马兰花就像那些牺牲在罗布泊核试验基地的英雄们的英魂。

一

没有到过罗布泊的人,怎么也不会想到,在这荒凉、贫瘠和风沙肆虐的沙漠戈壁上,竟然生长着一种生命力特别顽强又异常美丽的花朵——马兰花。

马兰花是罗布泊沙漠和孔雀河边的"吉祥花"。当严酷的冬季还没走远,人们苦苦盼望的沙漠之春还没有抵达冰封的孔雀河两岸的时候,马兰花坚强的根须,就会最先在寒冬中苏醒和萌发,它们在泥土下面默默存活、忍耐着,感知和谛听着沙漠之上春天的脚步。虽然春天的脚步经常会被暴风雪暂时阻隔在荒原深处,但是春天的脚步终究是无法阻挡的。随着残冬的步步退却,辽阔的博斯腾湖边,蜿蜒的孔雀河畔,坚冰开裂,残雪融化,马兰花是所有植物中最先焕发出生机和绿意的,向人们预报了春天的临近。

果然,不用多久,天气渐渐温暖了,一簇簇蓝色的马兰花也含笑绽放。还有一些无惧无畏的小鸟,会飞到孔雀河畔那些蒙上了绿意的芦苇林里跳跃、歌唱;红柳丛又变得柔软、蓬勃而茂盛了;云雀欢唱着飞入云霄,沙鸡和"跑路鸟"也开始在戈壁上奔跑追逐,"咕咕"地呼唤着同伴……

1960年,当又一个春天即将来到罗布泊荒原上的时候,刚从朝鲜战场归国不久的张蕴钰将军,率领一支小分队深入罗布泊沙漠腹地,在离博斯腾湖、孔雀河不远的一个地方,打下了第一根木桩作为记号,然后向北京报告说:"罗布泊,真是新中国核试验的一块'风水宝地'。"

那天,当通讯员正在调试电台发报的时候,张蕴钰的目光被草滩上一簇正在盛开的蓝色小花吸引了,忍不住问给他们做向导的一个维吾尔族小姑娘:"阿依古丽同志,这是什么花啊,这么美丽?"阿依古丽告诉他说:"首长,这是马兰花,可香啦!"

就在此时,通讯员问道:"首长,北京在询问,我们现在的位置叫什么名字?"将军略一思索,脱口而出:"马兰,就叫马兰!"

第二年一开春,经中共中央和中央军委批准,张蕴钰将军率领着5万核试验基地建设大军,浩浩荡荡地开进了荒无人烟

的罗布泊，来到了离孔雀河不远的马兰。

马兰地处天山南麓，东连罗布泊沙漠，西接塔里木盆地，距离博斯腾湖大约有 10 公里。在马兰周围的一些地方，有维吾尔族、蒙古族、回族、满族文化特色的地名，如乌什塔拉、塔哈其、库米什、和硕、和靖、博斯腾湖等。初到马兰的 5 万名从硝烟战火中走来的中国军人，加上数以千计的科学家、科技人员，在人迹罕至的大沙漠上，悄悄拉开了铸造共和国"核盾"的大幕……

从此，"马兰"这个地方和这个地名，就与新中国的核事业紧密联系在了一起。马兰，也成了张蕴钰将军和他的将士们，还有邓稼先、朱光亚等一大批科学家、科技人员毕生魂牵梦萦的地方！

二

罗布泊，蒙古语称为"罗布诺尔"，意为"众水汇入之湖"。古时候，这里又被称为蒲海、盐泽、洛普池。曾经驰名西域的三十六国之一的楼兰古国，就坐落在这片广袤的沙海之中。然而，楼兰在历史舞台上只活跃了四五百年，便在公元 4 世纪神秘地消失了。

究竟是什么原因导致了楼兰的消失，说法不一。大约又过了1500多年，1900年，瑞典探险家斯文·赫定率领一支探险队，由罗布人奥尔德克当向导，艰难地抵达了罗布泊腹地。这位探险家后来在《亚洲腹地探险八年》一书中写道："罗布泊使我惊讶，它像一座仙湖，水面像镜子一样，在和煦的阳光下闪烁。我们乘舟而行，如神仙一般。在船的不远处，几只野鸭在湖面上玩耍，鱼鸥和小鸟欢娱地歌唱着……"

后来有人分析说，斯文·赫定当时所看到的"仙湖"，就是美丽的博斯腾湖。当他们一行离开博斯腾湖，沿着孔雀河继续前行一段之后，映入眼帘的便是一望无际、荒无人烟的沙漠与戈壁。他在书中详细记录了这次历险经过，他和他的考察队几乎葬身在这片沙漠里。因而他又在书中向世人宣称，这里根本不是什么"仙湖"，而是一片可怕的"死亡之海"。他甚至把这里称作"东方的庞贝"。

1964年4月，当祖国的南方已是春暖花开、桃红柳绿的时候，在罗布泊沙漠上，残冬还在不停地肆虐着，一些红柳丛下还残留着未融化的积雪，一阵阵冷飕飕的寒风，吹得人们睁不开眼睛，也望不见远处的道路。夜晚时分，一辆军用卡车在茫茫的、崎岖不平的戈壁上蜿蜒行进。卡车转弯时，车灯的光亮照耀着隐约可见的红柳丛、骆驼刺和茫茫的戈壁滩。

在这辆颠簸的大卡车上,坐着张蕴钰、李觉两位将军和朱光亚等几位科学家。他们将在这片戈壁滩再次完成一些具体的实地考察工作。在这片远离闹世、人迹罕至的沙漠深处,年轻的共和国调集的千军万马,正在为一个足以惊天动地的强国大梦,开始艰难的征程。新中国的第一个核试验基地及试验现场,已经初具规模。

朱光亚把一条毛巾捆在脖子上,避免风沙灌进衣领里,手里还拄着一根从地上捡来的红柳棍。李觉将军半开玩笑地对他道:"光亚同志,还记得毛主席说过的那句话吗?咱们制造原子弹,就好比让自己握着一根'打狗棍',有了这根'打狗棍',什么恶狗咱们也不怕了!"

"是啊是啊,你看,我现在手里不正握着一根'打狗棍'吗?"朱光亚笑着挥了挥手上的棍子。几个人不禁哈哈大笑起来。

"噗噗!"没有想到,大家一张开嘴,就被灌进了满口的沙子,于是大家又纷纷吐着嘴里的沙子,一边吐一边嚷:"好一个罗布泊!这叫'未下马,先敬酒',先来一个'下马威'哪!"

"什么'下马威',再倔强的野马到了咱们手里,也要让它乖乖地听话!"他们一边说笑着给自己鼓劲儿,一边艰难地前行。一会儿步行,一会儿上车,行进了数百公里,才抵达了目的地。沿途,他们仔细考察、了解和记录着公路、站台转运、

气象、历年气候变化等数据资料。

第二天，一架军用直升机又轰响着飞过了罗布泊上空。博斯腾湖、孔雀河，还有一个个像镜子一样的碱水泉……依依闪过。朱光亚望着下面热火朝天的建设工地，不由得对张蕴钰感叹道："司令员同志，了不起啊，这里真正是会集了千军万马啊！"

张蕴钰是一个从小就参加了八路军、走进了抗日战争队伍的"老革命"，后来又在抗美援朝前线指挥过多次战斗。他望着下面的建设工地，不由得感慨说："是啊是啊，真不敢想象啊，6年前，我带着一个吉普车队第一次闯进这里时，就像当年的斯文·赫定一样，迷了路，好几天都在这里打转转。1960年也是在这个季节，孔雀河刚刚开始冰裂的时候，我们再次来到这里，运来了两卡车石灰，在这里打下了一根木桩当作记号。那时候真没想到，这个打下木桩的地方，竟然真的就要成为中国第一颗原子弹的爆心位置了。"

这时候，朱光亚突然想到了他很喜欢的一首宋词，脱口念道："会挽雕弓如满月，西北望，射天狼。"

张蕴钰听了，禁不住叫好："嗯，'西北望，射天狼'！'锦帽貂裘，千骑卷平冈'！光亚同志，这很应景啊！"

张蕴钰和朱光亚说笑的时候，飞行员转过头来问："司令员，我们在哪里降落？"将军膝盖上支着一张军用地图，目光追寻

着飞行的线路,然后在一个点上停留下来,用红蓝铅笔一指说:"就在这里,马兰!"

三

罗布泊沙漠是顽强的马兰花生长的地方。当短暂的春天过去之后,所有马兰花的叶子和花朵,又会化为泥土,滋养着来年的新的生命。马兰花就像那些牺牲在罗布泊核试验基地的英雄们的英魂,不断滋养着后来人。

那么,让我们这样去想象一下吧,现在已经变成马兰花、红柳、芨芨草、骆驼刺和胡杨林的肥料的英雄们的骸骨,都将随着一个个春天的到来,萌发出青青的枝叶,向所有的后来者致意,在这片神奇的荒漠,瞩望着和平年代的祖国的大地与天空……

要奋斗就会有牺牲。那些曾经隐姓埋名在罗布泊奋斗了一生的英雄的热血没有白流。正是他们用自己的青春、智慧、眼泪、汗水、血肉和生命,为我们的共和国铸造了一面强大的"中国核盾",使今日中国的大国地位有了坚强的支撑,也为我们实现中华民族"两个一百年"的伟大复兴和宏伟、瑰丽的中国梦提供了更多的底气、信心和力量!

在罗布泊的日日夜夜里，无论是张蕴钰这些军人，还是朱光亚这些科学家和科技人员，还是负责场地施工和后勤保障的战士们，每个人的工作都是异常紧张和艰辛的。罗布泊沙漠也的确不是什么"仙湖"之所。每年5月至8月间，甩袖无边的大沙漠上会出现倾盆而下的暴雨。盛夏时节，沙海里的气温可达38摄氏度，地表温度常在40摄氏度以上。昼夜温差大，正所谓"早穿皮袄午穿纱，围着火炉吃西瓜"。

入秋之后，这里会不时地刮起七八级以上的狂风。狂风起时，飞沙走石，天地茫茫，一片混沌。可是，就在这片自然条件极其恶劣的"死亡之海"里，那些先期挺进的建设核试验基地的部队官兵，已经开始了一场"特殊的战斗"。他们在这里开挖地基，拉着巨大的石磙子压路，推着车子飞奔，和泥、拉坯、制砖、打夯……他们为相继抵达的科学家和科技人员们建起了一栋栋营房、办公室、实验室和观察室。他们将一起在这里迎来震惊世界的"东方巨响"！

斯文·赫定怎么能够想到，在他当年走出罗布泊之后，这片"死亡之海"仿佛重新复活了！

一个皎洁的月夜，张蕴钰拉着朱光亚在月光下的孔雀河边散步。千里荒原，边关冷月，不由得让人生出"江天一色无纤尘，皎皎空中孤月轮。江畔何人初见月？江月何年初照人"的思古

幽情。

"司令员同志，你知道吗，奥本海默当年在美国主持那个著名的'曼哈顿计划'，他们的工作条件可比我们这里强多了！"朱光亚和张蕴钰边走边聊，谈兴正浓。

"哦，光亚同志，你是在美国喝过洋墨水的大科学家，请说来听听。"

"至少他们不会像我们的指战员一样，在罗布泊里睡地窝子、吃榆树皮、喝孔雀河的苦碱水啊！"朱光亚对眼前的这位铁塔一般的将军和他的钢铁般的将士们，内心充满了敬意。

"奥本海默领导着整个团队，完成了被当时的美国总统杜鲁门盛赞为'一项历史上前所未有的大规模有组织的科学奇迹'，不仅验证了科学技术的巨大威力，也为尽早结束第二次世界大战做出了重要的贡献。奥本海默因此成了举国上下、人尽皆知的英雄，被人们誉为'原子弹之父'。司令员同志，你率领的这支大军所干的事业，正如当年奥本海默所干的事业一样啊！"

"不敢当，不敢当！光亚同志，你们这些大科学家、大知识分子，才是这番大事业的主力军哪！我听说，当年你们这些生活在国外的大知识分子，一听到新中国成立的喜讯，就毫不犹豫地抛弃了国外的各种优厚待遇，想方设法回到了新中国的怀抱里。"

"是啊,我们这些人,都是从旧中国走过来的,那些帝国主义国家带给我们这个民族的耻辱与苦难,大家都亲身经受过。这是我们每一个中国人永远的伤痛!因为新中国的诞生,我们这个多灾多难的国家和民族才有了希望!我们的人民真的是从此站起来了,帝国主义再也不敢任意欺凌我们了!我相信,现在大家的心情是一样的,是我们为祖国贡献力量的时候了……"

听到这里,张蕴钰的双眸有点湿润了。"说得好啊,光亚同志!不过我听说,你们这些人从国外一回来,就无一例外地从'世界著名科学家'的名单上消失了。"

朱光亚笑了笑说:"从我们踏进罗布泊的那一刻开始,我想,我们每个人都作出了最终的选择:为了使我们的祖国真正强大起来,真正能够立于不败之地,我们都甘愿一辈子隐姓埋名!"

"是啊是啊,"张蕴钰满怀感慨地说,"如果我们选择了最能为人类的幸福而奋斗的职业,那么,重担就不能把我们压倒,因为这是为大家而献身……"

"那时候我们所感到的就不是可怜的、有限的、自私的乐趣,我们的幸福将属于千百万人,我们的事业将默默地但是永恒地发挥作用存在下去……"朱光亚接着念道。

"而面对我们的骨灰,高尚的人们将洒下热泪……"

张蕴钰对卡尔·马克思的这段名言一直奉若圭臬,当他说

到这里时,朱光亚看到,在皎洁的月色里,张蕴钰的双眸里充盈着晶莹的泪水。

在空旷的月光下,在万籁俱寂的孔雀河边,朱光亚和张蕴钰,一位从美国归来的科学家,一位共和国的开国将军,不知不觉谈到了子夜时分。当他们走回营房时,熄灯号早已经响过了。

许多年后,张蕴钰在自己的回忆录里这样写道:"我们这支英勇的部队战胜各种困难的经历,是一幅波澜壮阔的历史画卷,这支建设大军里的每一个人,都是一段光辉灿烂的文字……"

四

在罗布泊沙漠上,还有一个令人惊叹的自然奇观:一株株高大、苍劲的胡杨树,就像一个个勇士挺立在千年的风沙之中。这些已经生长了数百年的胡杨树,有的已经死去了,但是它们的铜枝铁干,仍然倔强地挺立着,伸向空旷的天空,仿佛还在聆听那千年的风沙呼啸。胡杨树真是大戈壁、大沙漠上罕见的生命奇迹!只要它们活着,就千年不死;即使它们死了,也千年不倒;哪怕它们倒下了,又千年不朽!

除了顽强的胡杨树,在苍茫的戈壁上,还有红柳丛、骆驼刺、芨芨草……它们同样是坚忍不拔的绿色生命。有的红柳丛几乎被掩埋在风沙中,但露在外面的枝条,仍在大风中顽强地摇曳着,向世界昭示着生命的尊严与力量,也向世人诉说着这里环境的恶劣与残酷。

现在的人们几乎无法想象,20世纪60年代,在国家经济面临着极度困难,科技人员在研究条件、研究设备都十分简陋和滞后的状况下,我们的科学家和科技工作者,是怎样忍饥挨饿,和全国人民一样"勒紧裤腰带",夜以继日地工作着。他们中的每一个人,一旦进入了这个领域,便无怨无悔、满怀自豪地给自己写下了这样一句话:"一辈子只做这一件事,就是核试验!"人们更是难以想象,他们使用着最简陋的计算工具,包括中国古老的算盘,每次要计算出数万个以上的数据……

这是何其浩繁的工作量,何其艰苦的运算条件,何其艰辛的劳作与攀登啊!月缺月圆,日落日升,他们洒下了一路心血,一路汗水,一路深情。春花秋月,柳暗花明,他们同舟共济,誓不言败,不离不弃,风雨兼程,用心血、汗水和泪水,黏合着、焊接着他们攀向技术高峰的梦想的天梯。多少次的披星戴月,多少次的风餐露宿,多少次的云蒸霞蔚,多少次的风雨彩虹。

朱光亚不愧为一位作风严谨的科学家,他用蝇头小字书写的那些报告,是那么工整、仔细,一笔一画,一丝不苟。其中,他在一份报告中谨慎地写道:"我们认识到,计划所规定的工

作量是巨大的。无疑，还有许许多多的困难需要局、所全体人员去努力克服。"接着，他又信心满怀地告诉中央，"但是，只要我们紧紧依靠部党组的领导与各兄弟单位的大力支持，全体工作人员团结一致、同心协力、严肃认真、紧张活泼地进行工作，实现上述计划指标仍是完全可能的。"

当他写这份报告的时候，一场瑞雪，正在又一个新年来临的前夕，静静地落在北京城里……

徘徊在罗布泊的简易帐篷前，望着漫天飞舞的雪花，朱光亚知道，一场伟大的战役，正在黄沙漫漫的戈壁滩上考验着他和他的战友们、同事们，考验着新中国的一代科学家和新中国的一代钢铁战士。他们每个人心里也都明白，他们已经进入的，是一个不为人知的战场，是一个看不见对手的战壕。党中央和全国人民都在期待着他们，毛主席、周总理也在等待着他们取得胜利的那一天！

"真是一场好雪啊！瑞雪兆丰年……"他喃喃自语着，禁不住搓着双手，觉得身上好像涌动着无限的力量。

他这时候刚过40岁，正是年富力强的年龄。"男儿何不带吴钩，收取关山五十州"，"黄沙百战穿金甲，不破楼兰终不还……"这一瞬间，他又想到了古代诗人那些豪气干云的诗句。在他的眼前，又闪现出沉睡千年的戈壁滩上，夜夜篝火通明的

场景，火光中飘荡着将士们高亢的劳动号子声……

"是啊，有这样的好同志、好儿女，最后的胜利不属于我们的祖国母亲，还能属于谁呢！"他只在心里这样想着，却并没有说出口。

五

在进入罗布泊核试验场区的半路上，有一处三岔口。那是通往左侧"7区"和右侧"8区"的一个"Y"字形的上端处，那里有一个属于基地部队后勤部的兵站。兵站有一个美丽的名字叫"甘草泉"。

凡是驻守过甘草泉的官兵都知道这样一个传说：当年，在勘探核试验基地的时候，有两名探路的战士在沙漠里迷路了，因为又饥又渴，他们昏倒在了戈壁滩上。不知过了多久，两名战士醒来时，发现身边的一丛甘草旁，涌出了一股涓涓清泉，我们的战士因此得救了。

"甘草泉"这个名字就像"马兰"一样，也有一点特殊的来历。据核试验基地原副司令员张志善将军回忆：1961年，通往"7区"的道路修通后，在此驻扎着一个道路维修队。有一天，几位基地首长来到这里，其中一位首长对道路维修队里一位姓郭的队

长说，基地司令员和两位副司令员都姓张，你姓郭，干脆就把这里叫"张郭庄"吧。就这样，这个地方暂时被称为"张郭庄"。后来，朱光亚和王淦昌、程开甲等几位科学家进试验场时，几次路过这里，觉得"张郭庄"这个名字不美，于是，在一次办公会议休息的时候，大家一致通过，给这个地方改名为"甘草泉"。基地还在这股泉水边设了一个永久的兵站，作为进入核试验场区前的一处给养补充点。

啊，戈壁马兰花，大漠甘草泉！马兰花和甘草，都是罗布泊沙漠上美丽而坚强的生命的象征。甘草是一种多年生草本植物，根茎有甜味，可以入药。"甘草片"的主要原料就是甘草。戈壁滩上能见到如此清澈和永不干涸的泉水，真是十分罕见和珍贵的。它是大沙漠上的生命之源，也是罗布泊里的一处"风水宝地"。汩汩不息的甘草泉边，芦苇丛生，红柳繁茂，几乎就是戈壁荒原上的一个奇迹。

1993年秋天，已是古稀之年的朱光亚先生再次来到罗布泊。他依依看过了自己和战友们在红山营房住过的简陋的住处，眼前闪过了那些艰苦的却充满力量和热情的青春岁月……

在甘草泉边，他特意蹲下身来，双手捧起几捧清清的泉水，重新尝了尝。他觉得，这里的泉水还是那么清凉、那么甘甜！甘草泉的涓涓清流，曾经滋润过他们这代人在追寻强国梦想的

岁月里所度过的无数个日子。

他告诉身边的年轻的工作人员和战士们说："我们罗布泊人、马兰人,最珍惜的就是沙漠之水,无论是甘草泉的清泉,还是戈壁上的碱水泉。"他说,"蒙古语里说的'肖尔布拉克',就是戈壁沙漠上的圣泉的意思,这里的哈萨克牧民称之为'碱泉'。我们这一代在罗布泊里奋斗过的人,几乎有着一样的性格和命运:哪怕在碱泉里泡三次,在沸水里煮三次,在血水里洗三次,也痴情不改,无怨无悔!"

最后,他来到了马兰烈士陵园。他没要任何人搀扶,还特意穿上军装,穿戴得整整齐齐,神色庄严地,依依走过了那一排排洁白的墓碑,向着每一位牺牲在这里的科技英雄和将士默哀、敬礼。

"战友们,我来看你们了……"每走过一排墓碑,他都在心里不断地默默说道。还不时地蹲下身来,轻轻地拔除墓碑前的缝隙里长出的杂草。"同志们,战友们,你们都是国家的英雄和功臣,是中华民族的好儿女!你们安息吧!有一天,当我也走不动了,也要告别这个世界了,我也会来到这里陪伴你们的……"

这是他真实的心声。凡是在罗布泊上为了新中国核试验事业奋斗过的人们,在他们去世后,几乎无一例外都会留下一个

遗言：把我送回罗布泊，送回马兰，埋在那些一同在那里奋战过的同志和战友身边……朱光亚自己也是这样做的。

2011年2月26日，中国核科学事业的主要开拓者之一、一代杰出的科学家朱光亚在北京逝世，享年87岁。曾经与朱光亚并肩奋斗了将近半个世纪的一位老战友含泪回忆说："朱光亚院士代表了一个时代。他亲身参与并见证了我国原子弹、氢弹、中子弹等核武器从无到有、从弱到强的发展历程，是那个时代的标志性人物。"

遵照朱光亚的遗愿，他的亲人、同志和战友，把他的部分骨灰送到了马兰，安葬在马兰烈士陵园里。大漠，戈壁，红柳，胡杨，马兰花，甘草泉……共和国的一代科学功臣魂归马兰，长眠在他奋斗过的罗布泊沙漠上。

马兰芳华

——罗布泊采访纪事之二

* * *

"做隐姓埋名人,干惊天动地事。"

一

新中国第一颗原子弹爆炸试验前夕,1964年6月的一天,马兰核试验基地的一位首长,告诉了年轻的林俊德一个喜讯:"基地研究所党组织正式批准了你的入党申请,从今天起,你就是一名光荣的中国共产党党员了,祝贺你,亲爱的同志……"

在听到喜讯的那一刻,林俊德激动得热泪盈眶,双唇颤动着,却不知用什么言语来表达。"光荣啊,俊德同志!"首长轻轻拍了拍林俊德的肩头,目光里含着赞许和期待。

1955年7月,17岁的林俊德从福建永春县贫困山区考上了浙江大学机械工程学系。不过,因为家境贫寒,他差点儿失去念大学的机会。是家乡的党组织和乡政府、乡亲们,帮他凑够了从永春到杭州的路费。按照录取通知书的要求,早就过了新

生报到的日期，机械工程学系迟迟没有见到林俊德的踪影。负责新生报到的老师心里想：也许不会来了吧？系主任拿过花名册看了看，说："这名学生家在闽南山区，离杭州路途遥远，再等等吧，一个山村少年能考上浙大，不是件容易的事！"

这位系主任猜得没错，林俊德在来浙大的路上，的确误了一些时间。原因不是别的，就是为了节省一点儿路费，所以有好几段路，他舍不得买票坐车，硬是徒步赶到了火车站。当他好不容易找到浙大校园时，机械系已开课两三天了。这个又黑又瘦的山区少年，穿着一身打补丁的衣裳，挑着简易的铺盖担子，赤着双脚走进了校园。

2011年秋天，林俊德70多岁的时候，回家乡参加母校永春第一中学校庆时，对师生们说道："我是山沟里穷苦人家出身，如果当时没有党和政府的助学金，我根本上不了中学，也上不了大学，更不可能成为科学家、成为将军和院士。是共产党和新中国，让我'绝处逢生'。我后来所做的一切，都是对党和祖国母亲寸草春晖的报答。"

1960年，林俊德从浙大毕业时，被党和国家挑选出来，穿上了军装，踏上了西行的列车。他就像突然间从亲人和朋友面前"失踪"了一样，从此，与无数年轻的大学生、科技人员、科学家和解放军将士一道，恪守着"上不告父母，下不告妻子

儿女"的保密纪律，隐姓埋名，进入了与世隔绝的罗布泊荒原。

从1963年起，林俊德带领小组一起研制测量核爆炸冲击波的压力自记仪。他不仅参加了我国第一颗原子弹、第一颗氢弹的试验任务，也是少数几位参与和见证了我国全部45次核试验的科学家之一。

罗布泊晴朗的夏夜里，满天的星星像晶莹的宝石，显得格外璀璨，仿佛伸手即可摘下。这天夜晚，在基地研究所简陋的小会议室里，两盏小小的电石灯被调到了最大的亮度，灯光照耀着会议室小小的空间。林俊德和另外四名新党员，由一位张政委带领着，面对着挂在墙上的那面鲜红的党旗，庄严地举起了右拳，一句一句地，坚定地宣誓："我志愿加入中国共产党……"随后，《国际歌》的雄壮旋律，从小会议室里传出，久久回响在茫茫的沙漠和高远的夜空里……

"如果我们选择了最能为人类幸福而劳动的职业，那么，重担就不能把我们压倒，因为这是为大家而献身，那时我们感到的就不是可怜的、有限的、自私的乐趣，我们的幸福将属于千百万人，我们的事业将默默地但是永恒发挥作用地存在下去……"当时，林俊德和他年轻的同事们，包括他的恋人、战友和1963年从南京大学物理系毕业后进入核试验基地的黄建琴，都对马克思这段青年时代的誓语耳熟能详，并以此互相鼓励。

是一种崇高的信念和热忱，是一颗赤诚和炽热的初心，支撑和鼓舞着林俊德、黄建琴与战友们一起，把美丽的青春芳华和宝贵的壮年时光，无怨无悔地挥洒在茫茫的荒原深处。

在黄沙漫漫的戈壁滩上，在风雪交加的严寒的日子里，他们睡过地窝子和简易帐篷，喝过孔雀河最苦的碱水；在全国经历"三年困难时期"，基地的粮食供给不足，他们甚至也吃过榆树沟里的榆树叶和榆树皮。为了采集试验数据，林俊德和战友们也曾多次攀登到滴水成冰的天山冰达坂和雪峰上……

"做隐姓埋名人，干惊天动地事。"这是每一位进入罗布泊的英雄儿女的青春芳华的真实写照。以全部的心血、智慧和力量，铸成中华民族最坚固的"核盾"，实现新中国国防科技的强国梦想，不负党、国家和人民交给的神圣使命，这是他们共同的目标和最坚定的信念！

二

几年前，我有幸得到一个机会，经解放军总政宣传部有关部门邀请和获准，与熊召政、刘燕燕等几位作家、艺术家一起，进入罗布泊腹地的罗布泊核试验场和当年的核试验现场采访和体验生活。这是我永难忘怀的一次采访活动，也是一段刻骨铭

心的精神洗礼之旅。我后来创作的长篇小说《天狼星下》《罗布泊的孩子》，都是献给马兰的英雄儿女们的。

除了林俊德和他的战友当年放飞试验气球的天山雪峰我们没有登过，林俊德其他足迹所至之处，我们都寻访了一遍，包括爆破试验的大场、第一颗原子弹的爆心、核试验研究所曾经驻扎的红山营房、林俊德一家住过的房子、林俊德做试验的房间等。在某部工兵团的院子里，保留着几个他们初到罗布泊时睡过的"地窝子"，我也特意"睡"进去亲身体验了一下；孔雀河和肖尔布拉克苦涩的碱水，还有博斯腾湖清清的"甜水"，我们也亲口尝过。

罗布泊腹地有一片狭长而开阔的谷地，仿佛是大自然特意在人迹罕至的地方开辟出来的一片"世外桃源"，千百年来一直隐藏在蜿蜒迤逦的天山旁和大漠的皱褶里，不为人知。随着核试验的步步推进，从1966年开始，试验基地研究所的所有机构，陆续告别临时搭建的帐篷区和"地窝子"，迁入了位于天山南麓的这片隐蔽的山谷之中。

红山营房外面，西北角靠近山脚处，几株白杨掩映着一排干打垒的平房，房子不远处有一条靠山顶因积雪融化而成的小河。一些平房门前的院子，四周有用红柳枝条围成的矮矮的篱笆墙和小院门。

这里曾是科技人员和后勤人员的宿舍。可以想象一下当年的情景：黎明时分的山谷，火红的霞光映照着附近的山冈、小河、房屋和树木，一声声嘹亮的晨号声，在天空回响。谁也不知道，这片与世隔绝的山谷里，正埋伏着"千军万马"，不久的一天，新中国第一颗原子弹将从这里横空出世，一朵巨大的蘑菇云，将震惊全世界！

我们去寻访的时候，山谷里的营房早已人去楼空。当地的几户维吾尔族人家偶尔会到这里放放羊。春天里天气暖和了，溪流边的马兰花又将盛开；沙枣树和红柳丛也会恢复生机，长出新的蓬勃的枝叶；云雀会在孔雀河边的芦苇林上空，欢唱着飞入云霄；沙鸡之类的沙漠禽鸟，还会在戈壁上飞跑和追逐着……

在第一颗原子弹爆心地区，遍地都是灰黑色的、细碎的石头。不难想象，当时，该有多少巨大和坚固的岩石，以及一些用于试验的效应物，如飞机、汽车、坦克、房屋、大炮、钢梁等，都在巨大的爆炸中，瞬间变成碎石，化作齑粉。如今，一块巨大的褐红色花岗岩矗立在当年的爆心位置，仿佛一块永久而无言的纪念碑。花岗岩左边，还残存着半截深插在地下、半径近一米的空心钢管，显然是当时支撑起那颗原子弹的脚手架的某个支点。

奇怪的是，在遍布细碎的石头和曾经烧焦的大地上，又长出了一丛丛顽强的芨芨草和骆驼刺。一阵风沙吹来，它们都会发出犹如铜丝一般铮铮的鸣响，仿佛在诉说着英雄儿女们不朽的功绩。

中国核武器事业从无到有，从有到强，离不开党中央和毛泽东主席那一代领袖的坚强领导与坚定决心，奋战在罗布泊大漠深处的数万名马兰人也倾注了智慧和心血。许多部队将士和科学家、工程技术人员都默默地做出了巨大的牺牲，甚至不少人献出了年轻而宝贵的生命。

马兰基地建成后，在进场试验或施工爆破中不幸牺牲的战友，就临时掩埋在一片生长着几株高大的胡杨树的空地上。今天，矗立在马兰基地的一座安息着数百名在核试验事业中英勇献身的马兰英雄的陵园——"中国核试验基地烈士陵园"，就是在当年那几株胡杨树下的墓址上建成的。这些共和国的英雄儿女，把青春的热血洒在了戈壁滩上，他们年轻的生命，像天山一样巍峨，也像大漠一样壮阔。

三

从位于红山山谷的生活区营房去往试验场区，要经过一条

几公里长的狭长沟谷，因为沟底生长着很多粗壮的老榆树，马兰人把这里称作"榆树沟"。在粮食供给不足的年月里，这些老榆树上的榆钱儿和榆树皮，为马兰的英雄儿女们充过饥；老榆树粗壮的树干和巨伞般的树冠，也为英雄儿女们遮挡过雨雪和风寒。

我们在马兰采访的时候，特意去了趟榆树沟，为的就是亲眼看一看一棵主干粗约两人合抱的老榆树。在这里组织和指挥首次核试验的张爱萍将军，给这棵榆树命名为"夫妻树"。马兰人没有不知道这棵夫妻树的。这是怎么一回事呢？原来，这棵老榆树见证过一对年轻党员夫妻的一段"奇遇"。

第一颗原子弹试验成功的前一年，即1963年，在北京某部研究所工作的王汝芝副所长，奉命调到罗布泊核试验场，参与首次核试验任务。对一位年轻的科技人员来说，这无疑是一项极其光荣的使命。王汝芝兴奋得连夜开始收拾行装。

凡是被挑选出来进入基地的人，都必须执行最严格的保密纪律，必须做到"上不告父母，下不告妻子儿女"。临行前，王汝芝编了个理由，对丈夫张相麟说："我去外地出一趟差。"

张相麟也在某研究所工作。听到妻子的话，他只是平静地说了句："好啊，注意照顾好自己啊！"王汝芝又叮嘱了一句："对了，不知道我啥时候能回来，记得写封信给我妈，报个平安，

免得她惦念。"

一个月后，王汝芝穿着军装，来到罗布泊核试验场。一进试验场她就明白，不再抱着和丈夫见面的希望了，连通一封报平安的信都不可能。所以她在老家的母亲，一直以为女儿被派到国外学习去了。

几个月后的一天，王汝芝和几位女同事刚走到榆树沟时，突然下起雨来了。雨越下越大，她们只好跑到沟里的老榆树下躲雨。不一会儿，又有一些人扛着试验器材跑过来躲雨。突然，王汝芝看见，有一个穿着军装的身影怎么那么眼熟？那个人低着头，提着器械箱，撩起衣服遮挡着雨点，三步并两步跑到了老榆树下。

王汝芝好奇地走上前去，拉过那人一看，不由得愣住了，惊喜地叫道："相麟，真的是你啊？你怎么会在这里？"张相麟也像在做梦一样，眨巴着眼睛说："汝芝，你……你不是出差去了吗？"两个人愣愣地看着对方，先是惊喜，继而又会心地相视而笑。

不久，张爱萍将军来到基地视察工作，听说了这对夫妻的故事，就特意绕道经过榆树沟，看了看这棵老榆树。一对夫妻在互不知情的状况下竟然在榆树下巧遇，这位诗人将军不由得感慨道：好啊！这不正是我们共产党人的"革命浪漫主义"吗？

略一思忖，他当即给这棵老榆树起名为"夫妻树"。默默无语的老榆树，见证了一对共产党员夫妻对党的纪律、党的事业的坚守与忠诚。

当年，首批进入罗布泊核试验场的，有40多位女同志，分住在五顶临时帐篷里，张爱萍将军也曾为女同志们住的帐篷区取名"木兰村"。黄建琴当时就在王汝芝任主任的研究所一室工作。这些女同志，也被后来的马兰人尊称为"核大姐"。

我在西安采访"核大姐"黄建琴时，她回忆说：当时她与林俊德恋爱两年，虽然都在同一个研究所，却只见过两次面，加起来的时间还不到一整天。不是他进场，就是她进场，互相之间也从不过问去哪里、去干什么，这在试验场区是大家心照不宣、再平常不过的。那棵夫妻树，见证了我们那代人的爱情，更见证了我们对党的忠贞、对事业的热爱和执着。

"再会编故事的小说家，也虚构不出夫妻树这样的现实故事。"我问黄老师，"你们这些'核大姐'，没有一位想写小说的吗？多好的故事素材啊！"黄老师笑着说："不能写！那时候每个人都明白，既然我们选择了这项事业，就要一辈子隐姓埋名。像汝芝大姐这样的夫妻故事，也只有我们马兰人自己来分享了。"

四

  沙漠上的春天总是来得很晚。当严酷的冬季还没走远,人们苦苦盼望的春天还没有抵达冰封的孔雀河两岸的时候,马兰花坚强的根须,在泥土之下默默存活和忍耐着,感知和谛听着沙漠之上春天的脚步。虽然春天的脚步时常会受到暴风雪的阻隔,但终究是任何风沙和雨雪无法阻挡的。随着残冬的步步退却,蜿蜒的孔雀河畔,辽阔的博斯腾湖边,坚冰开裂,残雪融化,马兰花在所有植物中最先焕发出新的生机和绿意,向人们预报着春天的到来。

  马兰花、胡杨树、芨芨草和骆驼刺顽强的生命,多像那些牺牲在罗布泊的英雄儿女的英魂!他们的骸骨和英魂,都已化作了马兰花、胡杨树、芨芨草和骆驼刺的枝枝叶叶,每年春天都会捧出一片新绿,装点着祖国壮丽的山河,也装点着这片铭刻着一代代英雄儿女的奋斗记忆的大漠。

  2012年5月31日,已是生命垂危、身上和口鼻处插满了各种管子的林俊德院士,在女儿的扶持下坐在电脑前,为党和国家交给他的使命,战斗到最后一息。他留给人们的最后一句话是:"把我埋在马兰……"

凡是在罗布泊核试验场奋斗过的人，几乎都留下过这样的遗嘱，希望自己能"魂归马兰"，与长眠在那里的战友们永远在一起。2014年，林俊德的骨灰也安葬在"中国核试验基地烈士陵园"里。陵园里巍峨的纪念碑上，铭刻着这样的碑文："……他们的生命已经逝去，但后来者懂得，正是这种苍凉与悲壮才使'和平'二字显得更加珍贵。"

捡果核的老人

*

学会当好老百姓,学会走好自己的路,这才是长久之计!

杨善洲爷爷,被孩子们亲切地称为"捡果核的爷爷"和"种树的爷爷"。他是云南省保山市施甸县人,12岁就开始拜师学艺当小石匠,长大后成了一名国家干部。

"大亮山,大亮山,半年雨水半年霜,前面烤着栗柴火,后面下着马牙霜。"这是千百年来流传在大亮山的一首民谣,说明这里的气候一直比较恶劣,一年里有大半时间处在严寒霜冻的状态,所以不少山林都是不毛之地。

1988年6月,杨善洲爷爷从云南省保山地委书记的岗位上退休后,主动放弃了进省城安享晚年的机会,卷起铺盖,扛起铁锹,回到了家乡大亮山,带领乡亲们开始了他的种树事业。

刚开始时,他用树枝搭起简单的窝棚,作为临时住所。不到半年,窝棚因不断遭到风吹雨打倒塌了。但他没有气馁,带领乡亲们一边种树一边建房,他还拿出一直舍不得花的退休金,

在山坡上搭建起40间油毛毡房。山里风大，雨水多，空气潮湿。老人带着大伙儿在油毛毡房里一住就是9年多，再苦再难的日子，也没有把他绿化荒山的意志给消磨掉。

有一次他去赶圩买树种，发现保山的端阳花市上，不少逛花市的人会一边游玩，一边丢弃一些果核。这些果核让手头拮据的杨善洲老人如获至宝，从此他就经常趁着赶圩，去花市上捡拾果核。自己捡不完，就发动乡亲们去帮着捡。

一粒粒小小的果核被种下了。几年之后，埋下的果核都变成了一棵棵幼嫩的小树苗。又过了几年，矮矮的小树苗，渐渐长成了一棵棵枝繁叶茂的果树。在保山，乡亲们都知道这位喜欢捡果核的老人。

2009年4月，杨善洲把自己一棵树一棵树种植起来的、价值高达3亿多元的大亮山林场的管理权，无偿地移交给了政府。他说："这笔财富从一开始就是国家和群众的，我只是代表他们在植树造林。现在实在干不动了，该'物归原主'了。"

一年后，杨爷爷最后一次登上了大亮山。这时他已经病得很厉害，每走几步就要停下来歇一歇。依依不舍地望着自己种下的绿树，老人很是欣慰，笑得很开心。他叮嘱林场的人说："我以后恐怕再也来不了这里了，你们要记住，这里的一草一木都是父老乡亲们的，要让每个人都看到，绿水青山就是'金山银山',要让一代代人都尝到'金山银山'的甜头哪!"

  2010年10月10日,83岁的杨善洲爷爷永远告别了大亮山,告别了他亲手种植起来的这片一眼望不到边的"绿海"。为了感念这位老书记对家乡、对国家的贡献,保山市委、市政府批准同意把大亮山林场更名为"善洲林场"。

  这位"捡果核的老人"的故事,就像他留给世界无尽的绿荫和芬芳,不仅造福了他的家乡,也会在全中国每一个地方传颂着,感动着一代代中国人。

  杨善洲爷爷去世后,人们从他简朴的遗物里看到了一张空白的表格。这是按照当时的政策,他的家人都可以办理"农转非"的一张申请表格。可是杨善洲爷爷却默默地把表格锁进了抽屉,将这次难得的"农转非"的机会留给了别人。

  "爸爸,如果你把我们全家转入城市户口,不需要你帮我们找工作,我们自己可以去考工。你总是拿大道理、大政策来压人……"

  这是杨善洲的二女儿杨惠兰1983年9月18日写给父亲的一封信里的话,看了真是让人心酸。当时,惠兰初中毕业没考上高中,在父亲要求下回农村老家务农,因为伤心,才给父亲写了这封吐露心中委屈的信。

  杨善洲爷爷看了信也很难过。他后来对人说道:"我为什

么不随便给他们创造条件？就是要叫他们知道杨善洲永远是个农民，我没有什么特殊之处。我要叫他们学会自己养活自己，不要把我当作一棵遮阴的大树。当官不是永久的职业，学会当好老百姓，学会走好自己的路，这才是长久之计！"

"当好干部，要顾大局，要走正道，要办正事，要为人正派。"这是杨善洲在担任云南省保山地委书记期间总结的几条干部准则，清清楚楚地写在他的工作笔记本里。杨善洲去世后，他的三女婿杨江勇整理遗物时，发现了这段话。杨善洲的这些感悟，是他在工作和生活中总结出来的，也是时刻践行和要求自己的准则。

"从小时起，父亲就对我们要求很严。"杨善洲的三女儿惠琴这样回忆说。惠琴一直在老家生活，读初中时，才来到保山，来到父亲身边。杨善洲从来不允许子女坐他的公车，也不允许家人收取别人的哪怕很小的礼物。

惠琴记得，有一天，地委大院里的一位叔叔给了她两根甘蔗，她开心地举着甘蔗跑回了家。杨善洲知道后十分生气，立刻让惠琴把甘蔗还了回去。

1987年12月10日，杨善洲到施甸县下乡调研时，想顺路去看看正在施甸县职业中学读书的惠琴，可惜没有看到。他就写了这样一封短信留给女儿："小三，爸爸希望你从初一开始就好好学习,学习中的困难就好好问老师,问比自己进步的同学,在学校尊重老师,虚心向同班同学学习,回家尊老爱幼,积极劳动,磨炼自己的意志。"父亲的这封短信,杨惠琴一直珍藏在笔记本中,不仅用来警醒自己,后来还将这封信作为外公留下的"家风"和"遗训",来教育自己的儿子。

惠琴的儿子名叫杨宸宇皓,是个"90后"。杨宸宇皓从云南艺术学院油画专业毕业后,自主创业,在保山城里开了一家靴子店,生意不错。杨宸宇皓一直铭记着外公生前经常鼓励他们这些孙辈的话:"你想要的东西要靠双手劳动去得到,坚持下去,做到最好。"

蒋顺阳是杨善洲爷爷的另一个外孙。顺阳在2011年大学毕业考上公务员后,一直在农村基层工作。他一直记得自己与外公杨善洲的最后一次见面。那是2010年10月1日,顺阳去医院看望病重的外公,外公身体很虚弱,就轻声问他:"你觉得我们这代人最厉害的是什么?"

"你们的精气神好!"蒋顺阳回答说。

"不这么简单,是我们这代人有信仰,有共产党员的信仰!"外公坚定地说道。

杨善洲老人去世10周年的时候,他的子孙们再次来到留下了杨善洲奋斗足迹的善洲林场,带来了对老人的缅怀和敬仰,

也带来了对老人的告慰。杨善洲赤诚的血脉流淌了四代人，清正和朴素的家风也吹拂着四代人，也必将继续引导和照亮后来的一代代人。

马兰村的歌声

———— ✳ ————

"做隐姓埋名人，干惊天动地事。"

许多歌都消失了。但有一支歌，永远在山谷间、在她充满感念的心中回荡。那支歌在哪里呢？是飘荡在哪一座高高的山头，还是在哪一朵玫瑰色的云彩下面？

啊，想起来，已经很遥远了……是啊，是那样的遥远啊！

马兰村，是隐藏在太行山深处的一个小村庄。春天里，小村开满了白色的梨花和紫色的桐子花。到了秋天，满山的野板栗树和枫树的叶子，会被阳光晒成金黄色、深红色和琥珀色。每天傍晚，炊烟升起的时候，乡亲们会赶着他们的牛羊，从山冈上回到小小的村庄。

这个小村庄，就是她出生的地方。她就是邓小岚。

那是在 1943 年，中华民族伟大的抗日战争和世界反法西斯战争就要结束，胜利的曙光即将升起的时候。邓小岚的爸爸邓拓、妈妈丁一岚，以及他们的战友，还有无数的中国人一起，正在

与日本侵略者展开最后的、殊死的战斗。

1943年,在阜平县一个名叫"马兰"的小山村里,邓拓和丁一岚的宝贝女儿小岚呱呱坠地了。

爸爸对忧心忡忡的妈妈说:"不用担心,侵略者就要被我们赶出太行山、赶出中国了,小宝贝这时候来到人间,是在向我们预报和平的消息呢!"

小岚出生后,这对年轻的夫妻把婴儿寄养在马兰村的一户老乡家里,他们打起背包,奔赴前线去了……

邓小岚是吃着太行山母亲的奶长大的。在马兰村老乡家的土炕上,在太行山老爷爷古铜色的脊背上,在小毛驴驮着的柳条筐里,在村里的大哥哥的肩膀上……她像太行山中那些漫山遍野的、在风雪中挺立的野板栗树,从一棵小小的幼苗,一天天长成了坚强、挺拔、枝叶纷披的青翠小树。

抗战胜利后,爸爸妈妈回到马兰村,接她回自己的家。乡亲们用小毛驴驮着她,一直送到了村外很远很远的地方。

"小岚子,记得要回来哦——"

小伙伴站在高高的山头呼喊着她的名字。

"永远会记得的!我一定会回来的!"

为了感念马兰村对自己女儿的养育之恩,感念太行山腹地的这个小村庄在艰苦的战争年代为革命做出的巨大牺牲,邓拓后来就以"马兰村"的谐音"马南邨",作为自己的一个笔名。

2004年,邓小岚已经60多岁了。敬爱的爸爸、妈妈,都已离开了人世。马兰村的爷爷和奶奶,还有她熟悉的一些乡亲,也都不在了。可是,小岚子的心,还是60多年前那颗心,把生她养她的马兰村,还有太行山的乡亲们,时刻装在心里,到老不变。

这年春天,桐子花盛开的时候,她再次回到马兰村,完成了爸爸、妈妈一个未了的心愿:在村口立起一座简朴的纪念碑,永久地纪念60多年前,被日寇残忍杀害的19位马兰村乡亲……

那是一段残酷和悲伤的记忆。就在她出生那年,大雪纷飞的冬天,日本侵略者包围了马兰村,逼迫乡亲们说出抗日领导机关和小岚的爸爸、妈妈们转移到哪里去了。

可是,在侵略者的刺刀下,乡亲们报以冷冷的沉默,没有谁向侵略者吐露过半点机密。最后,丧心病狂的日本侵略者杀害了马兰村19位无辜的乡亲……

侵略者夺走了他们的生命,但是,先辈们不畏强暴、保家卫国的故事,从此开始在马兰村一代代后人的口中传颂着。

新中国诞生后,邓拓担任《人民日报》社长、总编辑,丁一岚成为北京人民广播电台第一任台长。

小岚记得,妈妈告诉过她,马兰村本来是有歌声的。妈妈

当年也曾站在村口的老槐树下，挥动着手臂，教老乡们和孩子们唱过这样的歌："红日照遍了东方，自由之神在纵情歌唱！看吧！千山万壑，铁壁铜墙，抗日的烽火，燃烧在太行山上。……"

可是，火烧雷击过的老槐树啊，就像战争中留下的孤儿。多少痛苦的创伤，都收藏在马兰村和老槐树沉默的记忆里。不知从什么时候起，马兰村里再也听不见乡亲们和孩子们的歌声了……

黎明和黄昏时分的小树林里，怎能没有小鸟们的欢唱？就像桐子花掩映的马兰村边，怎能没有小溪在潺潺流淌？

于是，从2004年春天开始，为马兰村"找回失去的歌声"，就成了小岚心中最大、最美的一个梦想。

当时，村小学的校舍实在是破落不堪。她一回到北京，就发动家人和朋友出资捐助，为村小学重新修建了7间漂亮的校舍。从教室、宿舍到卫生间，都是她自己设计的。

清晨，在小操场上升国旗的时候，老校长用小学校里唯一的一支笛子，吹奏着我们熟悉的国歌。

当她看着孩子们在断断续续的笛声里，举起右臂，朝着鲜艳的国旗行队礼的时候，她在心里说："不要失望，乐器会有的！歌声也会有的！一切，都会有的！"

从那以后，她一次次往返北京与马兰村，把家人和朋友们用过和捐赠出来的各种乐器，带到了马兰村。马兰村的孩子们，也第一次认识了手风琴、小提琴、吉他和曼陀铃……

在小学校洒满阳光的操场上，她按着手风琴，开始了她和马兰村孩子们的第一堂乡村小学音乐课。

她也教孩子们如何用一片小小的叶笛、一支绿色的草哨，吹出美丽的音乐，吹出对家乡和大地的赞美……

从那以后，她也熟悉了从北京到马兰村沿线的每一个小站、每一条隧道、每一片田野。

"啊，不要问我心在何处，我的心在马兰。啊，不要问我家在何处，我的家在马兰……"她在心中默默改写了彭斯的诗。

是的，在那里的山冈和田野上，在小河畔的牧童们的牛背上，在黎明时分的鸡啼声里，在傍晚时淡淡升起的炊烟里……她找到了自己的"初心"。

当洁白的梨花和紫色的桐子花又一次盛开的时候，她把已经退休的老伴也邀请到了马兰村。他们一起在小学校里组建了马兰村的第一个小乐队，还一起创建了马兰村的"儿童音乐节"。

他们带着太行山的新一代孩子，在芦花飞舞的山冈上唱歌，在悬崖飞瀑和山泉边唱歌，在历尽风霜的老槐树下唱歌，在村口的那座纪念碑前唱歌，也在小操场上迎风飘扬的国旗下唱歌……

"啊，春天来了，春天来了，它带着温暖，也含着微笑，它一步步，一步步，追逐着残冬，向我们走来……"

沉重的往事，能使最坚强的人呜咽，但是伟大的音乐，却能给沉默的心灵带来希望和温暖。她坚信，太行山的乡亲们不是没有笑容和歌声的。美丽的春天，总会融化冰河，唤醒沉睡的山谷和盛开的杜鹃花。

2014年秋天来临的时候，邓小岚已经70岁了。这年秋天，她迎来了人生最幸福的一个时刻。

她曾经应诺过孩子们："等你们把琴、把歌练好了，我带你们到北京去演出。"现在，这个应诺兑现了。

从太行山深处走出的"马兰小乐队"，第一次坐上火车，来到了祖国的首都北京，出席了第四届中国优秀特长生艺术节开幕式。孩子们表演的器乐合奏《美丽的家园》和《欢乐颂》，赢得了观众们最热烈的掌声。

"欢乐女神圣洁美丽，灿烂光芒照大地，我们怀着火样的热情，来到你的圣殿里……"

乘着歌声的翅膀，在光中，在爱里，邓小岚仿佛看见，贝多芬在微笑，鲁宾斯坦在微笑，舒伯特在微笑……

她知道，总有一天，自己也会老去，老得再也走不动了。但美丽的音乐永不消亡，马兰村的歌声，再也不会消失了，它们将永远伴随在太行山乡亲们和一代代的孩子身边。

她甚至还想到了，到那时候，小小的马兰村，就是她最后的安息地。她会躺在这里，和她的太行山母亲、太行山父亲，和她熟悉的马兰村的乡亲们躺在一起。一棵棵山杨树和野板栗树，将友好地守护在她的身边。草丛里的蟋蟀们，会在月光下，轻轻地为每个人奏响温柔的安魂曲。而她，将会每天聆听着太行山的孩子们的歌声，深深地祝福亲爱的祖国，祝福每一个活着的人。

功勋

旧皮箱里的秘密
响彻太空的中国乐曲
金色的稻浪
用什么缝制坚固的铠甲
"肝胆相照"
无悔的选择
比钢铁还坚强的人
一路芬芳满山崖

旧皮箱里的秘密

———— * ————

树影慢慢移动着。阳光洒在纪念墙上,照耀着那些无声的名字。

张爷爷已经很老很老了。人们只知道,他是一位老兵,打过许多仗,吃过不少苦头。艰苦的年月,损害了他的身体,后来又夺走了他的一条腿。

可是谁也不知道,他年轻时到底经历过什么。就连他身边的亲人,也不知道。

张爷爷房间的阁楼上,放着一个棕色的旧皮箱。那是爷爷退伍时,部队发给每个老兵的。这只旧皮箱伴随他60多年了。

皮箱里会藏着些什么呢?他的孙女然然一直很好奇。有好几次,然然躲在门后看到爷爷在望着那只旧皮箱发呆,好像回忆起了什么往事。

有阳光的日子里,张爷爷也喜欢一个人坐在墙边,默默地望着在草地上玩耍的孩子们,仔细听着他们银铃般的笑声。

张爷爷的眼里,闪耀着泪光,好像也饱含着欣慰。金色的

阳光，洒在他苍老的脸上。阳光就像慈祥的妈妈，用温暖的手指轻轻抚摸自己的孩子。

每年清明节和建军节这天，张爷爷就会早早地起来，打开那只旧皮箱，从里面捧出一套叠得整整齐齐的旧军装。

旧军装实在是太旧太旧了，有点褪色了，还打着补丁。

可是，张爷爷依然十分爱惜地穿起这身军装，还对着镜子，仔细扣好风纪扣，然后戴正军帽，扎好皮带。帽子上的红五星，依然那么鲜艳。胸章上的字，也依然那么清晰。

他的儿子和孙女，用轮椅推着他，来到肃静的烈士陵园。

这里有一座高大的纪念碑，还有一面庄重的纪念墙。黑色的大理石上，刻满了逝去的英雄们的名字。

纪念碑和纪念墙下，摆放着一些新鲜的花束。几棵小松树和小柏树上，挂着几个五角星形状的小灯笼。一根小树枝上，还飘荡着一条鲜艳的红领巾……

张爷爷从轮椅上下来，自己用力移动着助步架，走近那面刻着名字的纪念墙。他伸出手，一个个地，轻轻抚摸着那些名字。

"爷爷，这么多名字，您都认识他们吗？"孙女问他。

"哪能都认识啊，可他们都是爷爷的战友哪！来，你们也摸摸这些名字……"然然和爸爸也伸出手，一个个地，轻轻抚摸着那些名字。

这时，在不远处，有一位围着头巾的老奶奶，也被儿女搀扶着，对着纪念墙，正在大声呼唤着一个名字：

"满仓，满仓，我看你来了……"

张爷爷侧耳倾听着老奶奶悲伤的呼唤，好像在努力地回忆，自己的战友里，有没有一个叫"满仓"的名字。

他的眼里，无声地流淌出大颗大颗的泪珠……

"爷爷，您哭啦？您很想念、很想念这些死去的战友，对吧？"

"是啊，怎么能不想啊！一个个的，都还那么年轻！爷爷真想他们啊，想得心里好痛……"

"爸，您不要太难过，都过去这么多年了！"儿子安慰他说。

"不，我不难过，不难过。我每年能来这里看看他们，和他们说说话，心里就踏实了好多！"

树影慢慢移动着。阳光洒在纪念墙上，照耀着那些无声的名字。

张爷爷在这里流连了一整天，仍然舍不得离开。他吃力地弯下腰，轻轻地，一一整理着墙下那些花束和花环，还顺手摘除了一些杂草和枯叶。

来陵园里扫墓的人，渐渐地都离开了。那位围着头巾的老奶奶和她的家人也离开了。只有这些花束和花环，还有一些倒满酒水的杯子,留在纪念墙下。

"爷爷,天快黑了,我们回家吧!"

"哦,天快黑了,是该回家了。"

张爷爷好像是从自己长长的梦境里抬起头来。这时候,宝石般明亮的星星,已经闪烁在纪念碑上空了。

张爷爷推着助步架,慢慢移动到了纪念墙正对面。他用双手整理了一下军帽和风纪扣,努力地让自己立正、站稳,然后,缓缓抬起右臂,给纪念墙上的战友们,敬了一个庄严的、标准的军礼。

"再见吧……只要我活着,就年年来看你们……"他小声地对那些名字说着话,也像是在自言自语。

无数颗大大小小的星星,正在深蓝色的夜空闪耀着……

又一个冬天到来了,窗外正飞舞着洁白的雪花。

张爷爷静静地坐在窗前,望着漫天飞雪,又在回忆着往事。

张爷爷已经是94岁的老人了。他的孙女然然也长大了。然然一边看书,一边不时地抬头看看爷爷的背影。

这天,张爷爷的儿子带回来一个消息:"爸,国家成立了退役军人事务部,县里需要采集所有老兵的信息,包括什么时间入伍的,有没有立过功,立的什么功,都要讲清楚。"

"哦,都要讲清楚?那么多牺牲的人,有的连名字都没留下,

讲得清楚吗？"望着窗外的飞雪，爷爷喃喃地说道。

"一定要采集吗？"张爷爷又问。

"爷爷，这是党和国家对退伍军人的关怀哦！"然然帮着爸爸说，"爷爷，这也是组织上的要求，您可不能隐瞒什么……"

沉吟了片刻，张爷爷指着阁楼说："那……去把那个旧箱子拿下来吧。"

古铜色的旧皮箱，实在是太旧了，锁头早就坏了，一直用尼龙绳绑着。照着父亲的吩咐，儿子小心翼翼地打开了箱子。原来，在旧军装底下，还压着一个红布包。这么多年了，除了张爷爷，谁也不知道红布包里藏着怎样的秘密。

张爷爷的儿子把红布包送到了县里。打开后，里面的东西，顿时惊呆了在场的每一个人！

一枚由西北军政委员会颁发的"人民功臣"奖章。

一封"在陕西永丰城战斗中勇敢杀敌"荣获特等功的报功书，落款是"西北野战军司令员兼政委彭德怀"等首长们的名字。

一份立功登记表，记录着他一次次立功的时间和地点——

1948年6月，壶梯山，五师，师一等功，师的战（斗）英（雄）；

1948年7月，东马村，十四团，团一等功；

1948年9月，临皋，五师，师二等功；

1948年10月，永丰，二军，军一等功，战斗英雄……

"这……真的是您父亲的东西吗？"负责采集老兵信息的人都震惊了，一个个都在擦着湿润的眼睛，"这是一位战功赫赫的共和国老英雄啊！就生活在我们身边，可是几十年来深藏功名，竟然没人知道……"

哦，也许，他的老伴儿孙玉兰奶奶是个例外。只有孙奶奶知道张爷爷的一些秘密：他头发下的伤疤，是飞过的炮弹皮留下的；他腋下的伤痕，是燃烧弹留下的；他那一口过早脱落的牙齿，是因为炮火的剧烈震动……

"爸，原来您是国家的一位大英雄、大功臣啊！"

和父亲在一起生活了几十年的儿子，从没把自己慈祥的父亲与出生入死的英雄人物连在一起。

"是呀，爷爷，您为什么要隐瞒自己的身份呢？"孙女也十分吃惊，满怀敬意地望着默默无语的爷爷。

是啊，为什么要隐瞒呢？张爷爷没有回答，只是缓缓地移动着助步架，把脸转向了雪花飞舞的窗外。

一个个血与火的战斗场景，又从他记忆里闪过……

一张张年轻的、含笑的脸庞，又出现在他眼前……

三五九旅。七一八团二营六连。打壶梯山，战东马村，临皋突击战，夜袭永丰城……布满弹孔的军旗在火光中飘扬……嘹亮的冲锋号在黎明的曙光中吹响……

战陕中,战陇东,战天水,战西宁……人民解放军的队伍像一道滚滚铁流……他和战友们星夜奔驰,勇往直前……

茫茫的祁连山,飞雪连天。一百多名战友,长眠在风雪之中……他们端着军帽,含着热泪,永别了亲爱的战友……然后他们转过身,朝着祖国召唤他们的地方,继续呼啸而去……

为了新中国的诞生,张富清从青年时代起就和战友们一道,出生入死,身经百战,在解放战争中荣立一等功3次、二等功1次,被西北野战军记"特等功",两次获"战斗英雄"称号。

新中国成立后,他又主动要求到艰苦、贫困的鄂西来凤县山区,为党、为国家工作,一心一意为人民服务,60多年深藏起自己赫赫的功名,默默奉献,不求回报。直到2018年年底全国采集退役军人信息时,他的家人和社会才知道了他所经历的血与火的故事……

这时候,张富清把目光从窗外收回来,喃喃地说道:"孩子,你们只要想一想,和我并肩作战的战友,有多少人都倒在了雪地里、阵地上!为了新中国,他们用自己的命换来国家的命,他们才是真正的英雄和功臣哪!比起他们来,我有什么资格显摆自己?"

绯红的晚霞,映红了天空和大地。张爷爷推动着助步架,又慢慢移动到了烈士陵园纪念墙正对面。像往年一样,他又整

理了一下军帽和风纪扣,然后立正、站稳,缓缓抬起右臂,给战友们献上了最庄严的军礼。

回家的路上,孙女然然问他:"爷爷,您这一生过得实在是太苦了!假如可以重新活上一次,您会怎么选择呢?"

"怎么做?那还不简单吗?爷爷压根儿就不需要重新活一次!"望着好奇的孙女,张爷爷坚定地说道,"爷爷这一生,虽然苦过累过,流过汗,流过泪,也流过血,可我们活得清清白白、堂堂正正,每一步都迈得踏踏实实哪!孩子,你想知道这是因为什么吗?"

张爷爷抬起头,望着已经变得深蓝色的夜空,望着那无数颗正在夜空里闪耀的星星,喃喃地说:"其实道理很简单哪!只因为,我们是为自己的国家奋斗。为了国家,我们勇敢地战斗,正直地生活,辛勤地劳动,打心眼儿里热爱和维护着脚下的这块土地……"

无数颗星星,还在深蓝色的夜空闪耀着。

"你们看,他们都在天上看着我哪……"坐在轮椅上,张爷爷又对儿子和孙女说道。

"爷爷,他们是谁?是您的那些战友吗?"

"这还用问?不是他们,还能是谁?当然啦,也不仅仅是他们……"

2019年盛夏时节，北京天安门广场上鲜花怒放，游人如织。

黎明时分，人们早早地来到天安门广场，等待庄严的升国旗仪式；美丽的晨光里，佩戴着鲜艳红领巾的少先队员们，列队在高高的人民英雄纪念碑前，向英勇的先烈和人民英雄们献上他们崇高的敬意……

7月27日这天，朝气蓬勃的少先队员们，突然在天安门广场上看到了一张熟悉的面容……

"哎呀，快看哪！那不是张富清张爷爷吗？"

"哇！真的是老英雄张爷爷呢！"

没错，这位老人真的就是张富清爷爷。他由家人和工作人员陪护，坐着轮椅，笑吟吟地来到了他梦想了多年的天安门广场，来到了人民英雄纪念碑前……

为了站在人民英雄纪念碑前，献上一位老兵庄重、肃穆的敬礼，张爷爷特意穿上了一件雪白的衬衣，看上去精神矍铄，一点儿也不像是一位95岁的老人。许多游人也惊喜地认出了他，一边亲切地和他打着招呼，一边围拢上来和老人合影留念。张爷爷笑呵呵地配合着大家，满脸的慈爱与喜悦。

10月1日，张富清爷爷佩戴着金光闪闪的"共和国勋章"，登上了天安门城楼观礼台，观看新中国成立70周年庆典活动。

坐在天安门城楼的观礼台上，张爷爷好像看到了他那些牺

牺的战友,那些年轻的、熟悉的、亲切的面孔,都在蓝天白云之间,默默地瞩望着他,朝着他点头致意……

现在,那只古铜色的旧皮箱,仍然搁在张爷爷房间的阁楼上。

旧皮箱里没有什么秘密了,但里面装着张爷爷一生的回忆。

响彻太空的中国乐曲

*

无数星星在夜空里默默闪烁,好像也闪过了孙家栋的一生……

漫天的星星,像明亮的眼睛,像晶莹的宝石,在静谧的夜空里一闪一闪。一辆披着"迷彩服"的专列,正在夜色里疾驰……

1970年4月1日,两颗"东方红一号"卫星和一枚"长征一号"运载火箭,被秘密运送到了甘肃酒泉卫星发射中心。有一颗卫星是正式发射用的,另一颗卫星作为紧急情况下的备用。

4月24日21时35分,"长征一号"火箭点火升空……

成功了!成功了!中国第一颗人造地球卫星"东方红一号",准确进入了预定地球轨道。

这是灿烂的夜空里一颗最美、最耀眼的星!很多中国人,后来从纪录片或电影里,看到了"东方红一号"在夜空中缓缓移动的身影,听到了从天上传来的、熟悉的《东方红》的乐曲声……

不过,这时候没有多少人知道,为了这颗人造卫星,孙家

栋和众多的科学家耗费了多少心血，付出了多少个不眠的夜晚！

无数星星在夜空默默闪烁，好像也闪过了孙家栋的一生……

上小学时，孙家栋的家乡辽宁省盖县被日寇侵占了。在侵略者的铁蹄和刺刀下，小小少年，也尝尽了当"小亡国奴"的屈辱和痛苦的滋味。

清晨，全校师生在操场集合立正，升起日寇的太阳旗。少年们低垂着头，捏紧小小的拳头，眼里强忍着悲愤的泪水。

唉！失去祖国的孩子们，在侵略者的蹂躏下，活得是多么屈辱和痛苦！不许流泪，更不许有愤怒的表情，中国人的尊严啊，哪里去了？祖国啊，什么时候，你才能强盛起来呢？

从那时候起，少年家栋的心中就有一个强烈的愿望：有一天，学校的操场上，一定要升起我们自己的国旗！如果自己将来学好了本领，一定要全部贡献给祖国，好让祖国早日变得强大起来……

孙家栋天生是个"左撇子"，写字喜欢用左手，所以写字的笔顺总是错的。因此，他竟被学校"劝退"回家了。

可是，家栋从小就有一股从不服输的倔强劲头。为了能继续念书，他在家里苦练了一整年，最后，天生的"左撇子"竟然练出了"左右开弓"的本领，左右手都能十分麻利地书写。

火红的石榴花在夏日里盛开……

1942年6月,13岁的家栋考入哈尔滨第一高等学校土木系。这时他的梦想是学好建筑本领,将来为国家盖高楼、筑水坝、修大桥!站在校园的石榴树下,他在心里说:"祖国啊,等着我长大!"

这时候,抗战的烽火燃遍了全中国。冬天,学校停课了。少年家栋只好背着小小行囊,踏着白茫茫的雪地,穿过寒风呼啸的白桦林,一路跋涉着,回到老家的村庄,开始了艰辛的自学……

经过了漫长的抗日战争和解放战争,1948年,中国人民解放军解放了东北。有一天,三哥兴冲冲跑来告诉家栋说:"哈尔滨工业大学正在招生,你应该去试试……"

这年9月,19岁的孙家栋顺利考入哈尔滨工业大学。

刚入学时,他在预科班专修俄文。但少年时代的梦想,他从来没有忘记。他梦想着能进入土木建筑系,将来成为一名真正的工程师。

1950年元宵节这天,食堂特意为学生们做了红烧肉。这可是平时难得吃到的"硬菜"呢,孙家栋和同学们一片欢呼。

同学们迫不及待,正要对着端上桌的红烧肉"下手"时,校领导突然来到餐厅,宣布了一个好消息:刚成立不久的中国人民解放军空军要从大学生中挑选人才,谁想站出来接受挑选,

请立即报名!

"能成为一名人民解放军空军战士,这是何其光荣啊!"孙家栋一听,没多想,就高高地举起手来。

因为事情紧急,所有报名参军的人,必须赶在当晚8点30分前,乘上从哈尔滨开往北京的火车。"啊,火车,火车,快快带我去吧!"来不及通知家人,也没来得及多吃几口红烧肉,孙家栋和几位幸运的同学一道,打起背包,踏上了开往北京的火车……

新中国正在徐徐展开的宏伟蓝图上,画着最新最美的图画。

穿上黄色军装,戴上制式军帽,孙家栋从一名大学生,一夜间变成了威武的空军战士,在部队里担任俄语翻译。

1951年,经过一轮轮考核和选拔,孙家栋和30位战友一起,被国家挑选出来,派往苏联茹科夫斯基空军工程学院飞机设计专业学习。

在苏联学习期间,孙家栋越来越认识到祖国的"家底薄弱",特别是在科技等方面。

有一天,孙家栋第一次外出乘坐地铁时,看到苏联不仅拥有了许多条地铁线,连地铁列车的门也是"自动化"的。他满怀羡慕地想:什么时候,也能让我们的国家变得这样先进啊!他暗暗发誓,一定要珍惜留学的时光,把更多先进的科学技术

学到手，好去建设自己的国家。

在热烈讨论的课堂上……

在静谧的深夜的实验室里……

在月光下的运动场上……

在野外考察的雪地上和篝火边……

在实习时的工厂和车间里……

孙家栋珍惜着留学日子里的每一天，时刻铭记着心中的梦想：奋发图强，报效祖国！

1956年，中国人民解放军首次实行军衔制。孙家栋和在各所军校学习的留学生一起，奉命来到中国驻苏联大使馆，接受来自祖国的授衔。在激昂的国歌声中，威武英俊的孙家栋被授予中尉军衔。

这一年8月6日，一个多么庄严的日子！站在鲜红的党旗下，孙家栋庄重地举起拳头宣誓，他成为一名光荣的中国共产党党员。

1957年11月17日，开国领袖毛泽东主席在访问苏联期间，特意来到莫斯科大学，看望在这里学习的中国学生。毛主席来看望同学们那天，孙家栋也幸运地坐在礼堂前排的位置上。

"世界是你们的，也是我们的，但是归根结底是你们的。你们年轻人朝气蓬勃，正在兴旺时期，好像早晨八九点钟的太阳。希望寄托在你们身上。"

听到毛主席的殷切期望和语重心长的嘱托，很多学生激动得热泪盈眶，恨不能立刻飞回祖国，投身到新中国火热的建设事业中……

孙家栋在苏联学习了 7 年。他丝毫没有浪费这宝贵的学习时光，门门考试都保持着 5 分（满分）的成绩。毕业时，全苏联的军校只有 13 人获得了金质奖章。孙家栋就是这 13 人中的一位。

不知不觉，又一个春天到来了。

大雁飞过北方的草原，朝着温暖的南方飞去……

1958 年，积雪消融的早春，以年年全优成绩毕业的孙家栋，归心似箭地踏上了驶往祖国的列车……

报效祖国的日子到了！一回到祖国，他就接到一项秘密而重大的使命：为新中国设计导弹！

这是一项神圣的"共和国使命"，也是一个全新的课题。

但那时候，新中国的导弹设计和研究刚刚起步。除了从美国回来的空气动力学家钱学森，中国的科学家和技术人员，还没有几个人见过导弹。当时，就连"导弹"这个名词，也被翻译成"飞弹"。

进入设计和研究导弹的科学家和科技团队成员中，有学力学、数学、化学的，还有学纺织的。孙家栋环顾左右，发现只

有自己学的飞行器发动机技术，算是离这个研究课题距离最近。虽然设备简陋，困难重重，但他和同事们迎着困难，开始了艰苦的"攻坚战"……

中国第一个导弹试验靶场，在荒无人烟的沙漠戈壁上矗立了起来。后来，这里成为闻名世界的"中国酒泉卫星发射中心"。

1960年11月5日，中国第一枚仿制的近程导弹在戈壁上发射成功。这是从中国地平线飞起的、由中国人自己制造的第一枚导弹！仰望着导弹点火升空的那个瞬间，孙家栋和同事们激动得泪水盈眶……

1966年10月27日上午9时，一个更大的奇迹出现了！

孙家栋和同事们研制的"东风二号"导弹，携带着原子弹，伴随着轰鸣的火焰，从甘肃酒泉发射出去，飞向了茫茫苍穹……

9分14秒后，这枚导弹准确命中了竖立在新疆罗布泊沙漠里的目标塔！中国的"两弹结合"飞行试验成功了！孙家栋和同事们激动地把帽子、外套都扔上了天空……

之后，孙家栋又主持设计了中国第一枚自行设计的中程战略导弹。这时候，他的战斗岗位是导弹总体设计部副主任。就在孙家栋和战友们的导弹研究渐入佳境的时候，1967年八一建军节前夕，钱学森直接"点将"，又交给孙家栋一项更为艰巨的"国家使命"：担任中国第一颗人造地球卫星"东方红一号"

的总体设计负责人。这一年，孙家栋还不到 38 岁。

接受新的使命后，孙家栋挑选出了 18 名专业过硬的科学家，很快就组成了一个新的攻坚团队。这个团队，后来被誉为"航天卫星十八勇士"。

党中央决定：1970 年发射这颗人造卫星。这意味着，只给孙家栋和他的团队留了短短三年时间。

孙家栋提出了一个大胆的设想：简化中国第一颗人造地球卫星的功能，暂时不要搭载太多的探测仪器，先把卫星放上天去，实现"零"的突破！

钱学森十分赞同这个设想。这样可以大大加快中国第一颗人造地球卫星的研制和发射进度。接着，大家又对孙家栋提出的一套具体建议达成了共识，简单说来，这颗卫星必须"上得去、抓得住、听得清、看得见"。

"上得去"，就是务必要发射成功；"抓得住"，就是要让卫星准确进入轨道；"看得见"，是指能在地球上用肉眼看得见这颗卫星的身影；"听得到"，是指在地球上可以用收音机收听到卫星的讯号。

柳色秋风，斗转星移……

孙家栋和他的战友们，在与时间的赛跑中，度过了一个又一个不眠之夜。

果然，仅仅用了三年时间，中国第一颗人造地球卫星就从孙家栋和"十八勇士"的手上诞生了，也就是我们在故事开头看到的那一幕。至此，新中国伟大的"两弹一星"目标终于"圆满"，一样也不少了！

"东方红一号"成功发射，为新中国打开了通往茫茫太空的大门。美丽、迷人的星空，还在继续召唤着中国的科学家们。孙家栋肩上的担子，也越来越重了！

1971年3月3日，中国第二颗人造卫星"实践一号"成功发射……

1975年11月26日，一颗返回式遥感卫星飞向太空，运行了三天后，按预定方案成功返回地面……

1984年4月8日，"长征三号"火箭运载着"东方红二号"试验通信卫星，飞向了繁星密布的星空……

1997年5月12日，"长征三号甲"运载火箭，携带着首颗"东方红三号"通信卫星，发射升空……

每一颗卫星的发射，都浸透着孙家栋的智慧和心血。

1994年，65岁的孙家栋又担任了"北斗导航试验卫星"工程总设计师。这时候，白发早已悄悄爬上了他的双鬓和头顶……

但是，中华民族迈向茫茫太空的脚步，永远不会停止。

2004年1月23日，中国正式启动"嫦娥一号"绕月工程，

75岁的孙家栋，又毅然挑起了首任探月工程总设计师的重担。

2007年10月24日，大凉山环抱的西昌卫星发射中心上空，明媚的阳光驱散了最后一片云彩……

"1小时准备……3分钟准备……1分钟准备……点火！""长征三号甲"运载火箭在巨大的烈焰中腾空升天，运载着"嫦娥一号"探月卫星，也运载着中国人的梦想，骄傲地踏上了奔月的征程……

"嫦娥一号"卫星进入环月轨道后，卫星上携带的探测仪器全部开启，开始了对神秘的月球的探测工作。这年11月26日，国家正式公布了"嫦娥一号"从月球传回的第一幅月面图像。

在"嫦娥一号"卫星顺利完成环绕月球的那一刻，坐在发射指挥中心的所有人都激动得欢呼、跳跃起来，互相握手和拥抱。

这时，白发苍苍的孙家栋一个人走到僻静的角落，背过身子，用手绢悄悄擦拭着欢欣的泪水……

2019年10月1日，伟大的新中国迎来了70周年诞辰。这一年，孙家栋90岁了。他坐在轮椅上，被人轻轻抬进了人民大会堂。

一枚金光闪闪的"共和国勋章"，佩戴在老人胸前。这枚勋章，代表着党和国家对这位"两弹一星"功勋、被誉为"共和国脊梁"的科学家的感谢和致敬。

晴朗的夜空里，有一颗明亮的小行星，闪耀在广袤的夜空中。这颗小行星的名字被正式命名为"孙家栋星"。

仰望着璀璨的夜空，一个小姑娘伸出小手，指着那颗最亮的星星问道："孙爷爷，您是哪颗星星？"

孙家栋爷爷坐在轮椅上，仰望着星空，轻轻说道："好孩子，不要问我，我是哪颗星星。爷爷最想知道的是，等你们长大了，在将来的星空里，你，你们……会是哪颗星星呢？"

金色的稻浪

*

袁隆平心中一直有两个梦想……

2021年5月22日,91岁的袁隆平院士永远告别了他挚爱的祖国。午后时分,祖国南方将要熟黄的万顷稻菽,仿佛都在为他垂首;生活在三湘大地和大江南北的人们,都捧着盛满白米饭的碗感念这位"当代神农"。人们说,这一天,他是去远方寻找自己最亲爱的妈妈去了……

5月23日,袁隆平的挚友、同为"国之瑰宝"的"共和国勋章"获得者钟南山院士,含泪写下这样的送别文字:

隆平大哥:

我的挚友!

天堂里好好休息。你已经将论文写在祖国的大地上,有空就指导一下学生继续"三系"攻关。

你是一个真正的、最值得我敬佩的学者!

钟南山

这里的"三系",指的是袁隆平院士为了让水稻亩产量发生质的飞跃,毕生研究和攻关的杂交水稻技术的一个专业名词。

进入90岁以后,袁隆平自称是"90后"。他每天能到稻田里走一走、看一看,顺手给稻子拔一拔稗草,用双手托一托那些沉甸甸的、黄熟的稻穗,使劲儿闻一闻泥土和稻谷的气息,这是袁隆平感到最幸福和陶醉的时刻。

这位"共和国勋章"获得者,心中一直有两个梦想:一个叫"禾下乘凉梦",一个是杂交水稻"覆盖全球梦"。追溯这两个美梦的源头,得从他幼年时说起。

袁隆平幼年时,在小小的饭桌前,妈妈经常教他和哥哥、弟弟们背诵古诗。他最早背诵的一首诗,就是《悯农》:"锄禾日当午,汗滴禾下土。谁知盘中餐,粒粒皆辛苦。"妈妈是一位小学老师,会讲一口流利的英语。稻谷黄了的时候,妈妈会带着孩子们来到田野边,呼吸稻谷飘香的气息。美丽的晚霞,映照着妈妈的脸庞。

袁隆平后来被人们誉为"当代神农"。人们说,他就像神话故事里尝百草的神农一样,给中国人送来了巨大的"粮仓",而且他几乎是"一个人干了两亿农民的活儿"。坊间流传的袁隆平童年故事里,有这样一件小事:袁隆平住在汉口的时候,有一天,妈妈带着他和弟弟,来到供奉着神农塑像的"神农洞"

祭拜。相传这里是神农炎帝出生的地方，附近的人们都来这里祭拜他，祈求来年风调雨顺、粮食丰收。

"妈妈，为什么神农这么受人爱戴呢？他是一位神仙吗？"袁隆平问妈妈。妈妈说："神农是一位善良勤劳的神仙，是他尝遍了百草，找到了可以种植的五谷，然后又教会人们耕地、播种、灌溉、收获，从此，我们中华民族开始了生生不息的农耕文明……"

"原来，我们吃的粮食，都是神农指点人们种出来的啊！"袁隆平和弟弟学着妈妈的样子，恭恭敬敬地向神农行了三个鞠躬礼。回家的路上，他看见，田野上的稻子低垂着头，看上去沉甸甸的。妈妈说："这是我们祖祖辈辈的田野，是爷爷的田野，爸爸的田野，将来，也是你们的田野哪！"

袁隆平上小学时，有一天，老师带着学生们参观一个漂亮的园艺农场。鲜艳的桃子挂满枝头，葡萄带着粉霜，一串串垂挂在架下，小鸟们围着鲜花和果实欢唱。"同学们，这里的每一棵果树，都是园艺工精心栽培、剪枝的，有时还要亲自给花朵授粉，果子才会结得这么大、这么多，花儿才会开得这么茂盛……"老师介绍说。

园艺工真了不起，简直像神奇的魔术师一样。回到家里，少年袁隆平把自己的见闻讲给妈妈听。"等我长大了，也想去

做一个园艺工和果园技术员……"小小年纪,他就有了这样的梦想。

洞庭湖以南和以北的田野,本来是美丽和富庶的,可是,战乱的年月里,到处都是逃难的人,多少田野都荒芜了。如果遇到旱灾,稻子还没抽穗,就枯死在干裂的田野里,粮食就更不够吃了。

饥荒,在折磨着无助的老人和孩子。少年袁隆平经常看见细妹子牵着老奶奶沿街乞讨的景象。贫困的年月里,家家的日子都不好过。妈妈掩门叹息着,让袁隆平把他们一家人也舍不得多吃的白米饭,盛了满满的一碗,送给了细妹子和老奶奶。

少年时代,袁隆平读到了一个童话,童话里说:有一天,这世界太平了,人都会飞,稻谷和小麦从雪地里长出来……妈妈却对他说:"孩子,现在,你必须学会劳动和工作!"

是的,袁隆平必须学会劳动和工作!天还没亮,星星还在山巅上闪烁,爸爸就带着他们,来到春雨淅沥的稻田,跟着农人学习插秧。

爸爸、哥哥、弟弟和他,每人一顶斗笠、一件蓑衣。袁隆平第一次学会了插秧。田埂上,农人们挑着担子,一趟趟运送来青青的秧苗。一行行秧苗铺满了明亮的水田,好像一直伸展到了天边。

后来，他又学过画画、跳舞、游泳，学过打排球、踢足球，还学过拉小提琴。物理学家爱因斯坦，也曾是他的偶像。他甚至还差点儿当上空军飞行员。

可是这些好像都不是他最想做的事。只有妈妈知道，什么是他最想做的事。不过，妈妈有点儿放心不下。妈妈说："孩子，那样做，你一辈子都会很苦很苦啊！你，做好准备了吗？"

他戴上斗笠，披起蓑衣，像一个真正的农人一样，笑着对妈妈说："放心吧，请相信我！再说，我还有我的小提琴呢！"

后来，袁隆平真的成了农学院的一名大学生。这里，辽阔的田野成了他们美丽的课堂。每天，黎明到来之前，他喜欢骑上自行车，像风一样飞驰在乡村大道上。在渐渐明亮的田野间，他喜欢用力伸展着双臂，好像在迎风展开自己的翅膀。

在炎热的太阳下，他小心翼翼地给抽穗的稻子拔除稗草。他知道，他正在做自己最想做、最爱做的事！虽然汗水早已湿透了他身上的衣服。

有一天，在一块稻田里，他发现了一株奇怪的稻子：它如鹤立鸡群，稻穗特别大，既结实又饱满，用手托一托，沉甸甸的。也许，这正是他要寻找的那株稻子？

满天的星星，像明亮的宝石一样闪耀。他每晚都守候在星空下的田野上，守候着那株稻穗低垂的稻子。晚风吹来一阵阵

泥土和稻谷的芳香……

等到这株稻子成熟了，他悄悄收割起来，留作种子。第二年，他把这些稻谷作为种子播撒在稻田里。经过一番培育，他满心希望能有一个好的收获。可是，长出来的稻子高的高、矮的矮，抽穗早的早、迟的迟，没有一株像上一年"鹤立鸡群"的那株那样强壮。

他捧着稻穗，坐在田埂上想了好久：为什么失败了呢？

星期天，他回家去看望父母。妈妈蒸的白米饭真香啊！"平儿，你晒黑了，也变瘦了。"妈妈一眼就看出了他的心事，说，"你做的事情，不太顺利吧？"

"是的，不过，我不会放弃的。"原来，那是一株天然杂交的水稻，它没能把自己的优良特性传给下一代。不过，它让袁隆平产生了一个大胆的想法：用人工培育出高产的杂交水稻！

在后来的日子里，他每天背着水壶，揣着两个馒头，用了14天的时间在稻田里寻找，终于找到了一株没有花粉的水稻。

"就是你了！稻子，你让我找得好苦啊！"他把这株稻子紧紧搂在怀里，生怕它跑了一样。然后，他在60多个瓦钵里折腾了两年多，终于完成了自己的实验。

9年后，又到了紫云英和油菜花盛开的时节。他和同事们把取名为"南优2号"的杂交水稻品种，播撒在一块明亮的稻田里。

这天晚上，他竟然做了一个奇怪的梦：他们种的水稻有高粱那么高，稻穗长得像扫帚那么长，稻粒像花生米那么大，他和伙伴们累了，就坐在稻穗下面乘凉……

现在，全世界都知道，袁隆平和他的团队培育的"杂交水稻"，正在中国和其他国家大面积地种植和推广。

他多么希望，他们的高产稻谷，能让全世界任何地方都不再有饥饿；能让世界上每一个人，都能吃到香喷喷的白米饭。他甚至想告诉全世界，自己有两个梦想：一个是人们可以坐在稻禾下乘凉，一个是把杂交水稻种遍全世界。

袁隆平的团队已经在遥远的迪拜热带沙漠里，种植出亩产超过500公斤的中国海水稻。非洲的朋友希望杂交水稻能播撒在非洲大地的每一个地方，他们拥抱着袁隆平说："感谢您，先生，您用一粒种子改变了世界，让干旱的沙漠变成了粮仓！"

"不，这不是我个人，这是所有中国人，送给世界的礼物。"其实，这时候，他还想告诉朋友们：这粒种子，是他最亲爱的妈妈，在他小时候播种在他心里的。

秋到江南，就进入了水稻成熟的时节。金黄色的田野里稻穗低垂，飘散着一阵阵稻谷的清香。但是，他的妈妈早已经不在人世了。他一生都牢记着妈妈早年教他念过的诗："谷子成熟了，天天都很热，到了明天早晨，我就去收割……""妈妈，

您还能闻到稻谷飘香的气息吗？"他在心里默默说道。

即使到了老年，他每天最爱做的事，还是到稻田里走一走、看一看，给稻子拔一拔稗草，闻一闻泥土和稻穗的气息。当然，他依然那么喜欢在开满紫云英和油菜花的田野间飞驰。只不过，他骑了多年的自行车，早已换成了漂亮的、速度更快的摩托车。

饱满的、金黄的稻穗，总是低垂着头。有位诗人这样赞美锄禾者："一年又一年，他和黎明一道起来，顶着烈日，顶着风雨，为这一片古老的大地，奉献汗水和血。一年又一年，度过了童年和青春。"

当一片片金黄的稻穗，低垂在等待收割的稻田里，我想象着，像辛勤的老农民一样的袁隆平，一定也会怀着亲切的记忆，怀着温暖的心，想起小时候妈妈给他讲过的神农的故事，想起在他心中流过的一支古老的歌，想起妈妈在黄昏里轻轻呼唤他的乳名的日子。

用什么缝制坚固的铠甲

———— * ————

爱国爱校、奋发向上、自强不息,这是当时的中国少年共同的信念。

钟南山的童年时代,是在抗日烽火燃烧的岁月里度过的。那时候,日本侵略者的飞机经常飞来轰炸,无法在校园里上课了,老师们只好带着小学生们躲进郊外和山野间密密的甘蔗林里,支起小黑板,继续上课。

炮火连天、国难当头的年月里,哪怕学校迁到了十分偏僻、条件艰苦的小山村里,少年们也没有放弃学好本领、拯救国家、振兴中华民族的理想和希望。爱国爱校、奋发向上、自强不息,这是当时的中国少年共同的信念。少年钟南山牢记着深重的家国之痛,从小就懂得了"少年强则国强"的道理。风华正茂的少年,身上奔涌着滚烫的爱国的热血和激情。

1949年10月1日,新中国宣告成立了。这一年,钟南山的家乡广州市也解放了。广州城头,高高地飘扬起了美丽的五星红旗。1950年,14岁的钟南山光荣地加入了刚刚成立的中国

少年先锋队，佩戴上了鲜艳的红领巾，成为新中国诞生后广东省的首批少先队员。

钟南山出生在一个医学世家里。他的父亲名叫钟世藩，是我国著名的儿科医学专家。钟南山从很小的时候起，就受到父辈医者仁心、悬壶济世、救死扶伤的优良传统的熏陶。

少年时，他经常看到，父亲本来已经下班回家了，有时一家人已经坐在饭桌前了，但只要病人有需要，父亲立刻就会放下碗筷，赶紧朝医院奔去。有时，病人还会带着孩子，慕名找上门来。这时候，钟南山看到，父亲总是语气温和地仔细地询问孩子的病况。因为担心小孩子紧张害怕，家里还总会备着一些诸如拨浪鼓之类的小玩具，父亲会笑着逗弄孩子，让孩子放松，在不知不觉中，孩子就完成了诊断、测温或打针。

碰到谁家里有太小的婴幼儿生病，父亲就披着风雨衣，背起医用药箱出门，上门出诊。在少年钟南山的记忆里，父亲从医，有很多细微的好习惯、好品德，让他牢记在心，一生难忘。当他长大后，自己也走上了从医道路时，很自然地就学着父亲的样子，把一些优良的传统继续传承了下来。

比如，他的父亲在填写任何一份病历时，都认认真真地书写，一丝不苟，哪怕不是医学专业的人，拿起病历来也都能看得懂；父亲给人开药方时，总是先替病人和病人家属着想，能少用药

就少用药，能用价格便宜的药，就决不用价格偏贵的药。

一传十，十传百。钟南山父亲"医者仁心"的名声，在医学界和患者家属间口口相传，深得人们的信任和尊敬。父亲的医者风范和言传身教的好家风，犹如春风细雨，润物无声，滋养少年钟南山成长。

钟南山后来回忆说："正是父亲从医时的一言一行，让我很小的时候就获得了一个印象：原来当一名医生，是这样地被人需要呀！不但可以救死扶伤，而且还备受人们的尊敬。"

钟南山的母亲名叫廖月琴，是一位有名的肿瘤科医生，担任过中山医科大学肿瘤医院的副院长。母亲对少年钟南山的成长影响也很大。

读小学的时候，钟南山的成绩不算太好，还留过两次级。念五年级时，有一次考试，钟南山取得了不错的成绩，母亲知道了，高兴得不得了，就对他说："对不起，呀南山，妈妈小看你啦，看来你还是挺厉害的呀！"

母亲这句温暖的、充满鼓励的话，让小南山一下子对自己有了巨大的信心。他后来回忆说："当时，我觉得妈妈一下子把我的一个'亮点'找了出来，我有了自尊心，觉得有人赞美我了！从那时起，我重新找到了自信，开始认真读书了。后来的成绩一直都不错。"

母亲还经常言传身教，用自己的言行告诉钟南山，要做一个信守承诺的人。钟南山读六年级的时候，看到别的小伙伴有一辆自行车，羡慕得不得了。母亲看出了他的心思，就对他说："南山呀，不用眼馋人家的，你要是小学毕业能考到前五名，妈妈一定奖励你一辆自行车！"

　　可惜的是，临近毕业时，学校因故突然决定不举行毕业考试了。这样，钟南山想得到一辆自行车的愿望就落空了。后来，学校根据每名学生平时的成绩，补发了一份成绩单，算作毕业考试成绩。钟南山的成绩排在全校第二名。

　　但是那一年，整个广州城里通货膨胀，钟南山家里也遭遇了困难。再说，妈妈当初说的是"考试"，而学校是补发的成绩单，严格说来还不能算是考试。所以，钟南山虽然心里还在想着那辆自行车，却不好意思跟妈妈开口。可是，让他感到意外的是，这一天，妈妈突然给他买回了一辆崭新的自行车，兑现了自己的许诺。

　　后来，钟南山每次想起这件事，就对母亲充满了深深的感激。他回忆说："从那时起，我就记住了一件事情，只要你答应了人家的事，就一定要尽力去做到，这就是妈妈教给我的一个做人的准则。中国古代有个成语叫'一诺千金'，可见，信守承诺，是中国人的一个传统美德。"

因为受到良好的家庭教育和家风的影响，加上自己奋发努力和自强不息，钟南山长大后，也把治病救人、救死扶伤，作为自己终身的理想和事业。

1979年，钟南山作为中国改革开放后第一批公派留学生，远赴英国爱丁堡大学医学院、伦敦大学呼吸系学习和进修，后来获得了爱丁堡大学医学博士学位。

在英国期间，钟南山没有浪费一点一滴的时光，他生活俭朴，勤奋刻苦，赢得了英国的导师们的赞赏。1981年，在他准备回国前夕，导师挽留他说："这里，为你准备了最优越的研究条件……""谢谢！但是很抱歉，我从来没想过不再回到我的祖国。"

钟南山后来回忆说："国家这么困难还给我们机会出去留学，我学成以后，就得回来提高我们国家的医疗水平，当时就是这样单纯的想法。"

回国后，钟南山把自己的全部才能、智慧和心血，都投入到国家的呼吸病学事业中，成了著名的呼吸病学专家、中国工程院院士。

2003年，67岁的钟南山临危受命，冲上了抗击"非典"疫情最前线。凭着实事求是的品质和高超、果断的智慧，凭着医者妙手仁心的情怀和大无畏的勇气，他与奔赴前线的战友们一道，冷静地应对疫情，全力挽救生命，也给全国人民战胜疫情

带来信心与力量，成为无数中国人心中的"定海神针"。

2020年，在全国人民准备迎接农历春节的前夕，新冠肺炎疫情暴发了！这场疫情，是全球百年来发生的最严重的传染病大流行，也是新中国成立以来，我国遭遇的传播速度最快、感染范围最广、防控难度最大的重大突发公共卫生事件。

疫情就是号令，疫区就是战场！1月18日夜晚，84岁的钟南山再次披甲出征，连夜奔赴我国疫情中心武汉……

疫情暴发后，钟南山忧心忡忡、心急如焚，一直在日夜不停地工作着，研判疫情，指导抗击疫情的工作。因为连日来高度紧张的工作，钟南山的身体实在是吃不消了！这天晚上，在驰往武汉的列车上，钟爷爷坐在餐厅的座位上，不知不觉仰着头睡着了……

这个瞬间被人拍了下来，发布到了网络上。全国无数人都深受感动，也都非常心疼这位在危难时刻挺身而出、为国担当的科学家爷爷，人们纷纷用"国士无双""仁者无敌""逆行英雄"等词语，表达对这位老人的崇敬和赞美。

到了武汉，钟南山和他的团队，与无数白衣天使、军医战士、志愿者一道，连续奋战了近两个月。有人悄悄梳理了一下钟南山那两个月的行程，发现他的战"疫"日程，每天都安排得密密麻麻、满满当当，很少有空闲的时间。

分析病例，讨论治疗方案，远程会诊，接受媒体采访，与各地疾控部门连线，甚至在飞机上还在开会研究治疗方案……这位高龄的老人，像坚强的"铁人"一样在拼命，始终冲在最前线。就连他的老伴，一向全力支持他工作的李少芬奶奶，都心疼地说："84岁了呀，能不能让他再睡一会儿？"

不过，李奶奶嘴上这么说，心里却十分清楚，没有谁能劝阻住钟南山爷爷这样的"工作狂"。

"他太在乎自己的病人了，在他心里，病人的生命比他自己的命更重要。"李奶奶说，"17年前，'非典'来袭时，他曾说过一句话：'把重病人都送到我这里来！'今天，这句话好像又回来了……"

经过两个多月的苦战，对全国的疫情，钟南山做出了科学的预见：4月底可基本控制。从武汉回到广州后，钟南山和他的团队马不停蹄地通过各种视频会议，为疫情正在蔓延的欧洲和世界各国介绍中国的抗疫经验，贡献全球战"疫"的"中国力量"。

这时候，全国很多的孩子和青年人，都满怀敬仰地把钟南山爷爷当作自己的"偶像"，希望将来也能做一个像钟南山这样对社会、对国家、对全人类有贡献的人。青少年朋友们还尊称钟南山是真正的"硬核爷爷"。

有不少人还"挖出"了钟南山炼成"硬核爷爷"的"秘密"，

他们惊讶地发现，这位科学家爷爷、战"疫"英雄，原来从青年时代起就是一位"运动达人"！

有一位去过钟南山家采访的记者，后来在报道里披露说，钟院士家里运动器具非常多！跑步机、单车、拉力器、单杠、哑铃等，应有尽有。

原来，钟南山只要工作不那么忙碌，每天都会抽出时间健身，这个习惯雷打不动。所以，虽然钟南山84岁了，但他的身板依然那么挺拔，手臂和身上的肌肉就像健美运动员一样紧绷和坚硬。

人们还发现，钟南山从少年时代起就十分热爱体育，差一点儿就成了一名职业运动员呢！原来，22岁的钟南山在北京医学院（现北京大学医学部）读书时，因为身体素质过硬，又喜欢运动，曾被选中和抽调到北京市体育集训队集中训练，准备参加首届全国运动会。1959年9月，在首届"全运会"上，意气风发的大学生钟南山，以54.4秒的好成绩，打破了当时400米跨栏的全国纪录。

钟院士家里还有一个特点，就是书多。钟南山从小养成了喜欢阅读的好习惯，长大后也总是手不释卷。他虽然是一位医学科学家，但阅读范围十分广泛。这个特点，也正好印证了他对全国少年儿童们的期望：用知识缝制坚固的铠甲！

在2020年这个特殊的春天里，钟爷爷源源不断地收到各地中小学生写给他的书信，还有孩子们手绘的他的肖像画、手抄的小报，精心制作的剪纸作品，等等。但钟爷爷每天都在为指导和参与抗击疫情而南北奔波，连稍稍休息一下的时间都没有。面对像雪片一样飞来的书信，他没有办法一一回复，就在2020年3月5日，他给全国所有的少年儿童朋友写了一封统一的回信：

亲爱的孩子们：

在这个乍暖还寒的初春，我很高兴收到你们的来信。

在疫情防控仍然处于关键阶段的时候，我收到了你们来自广东广州、广东江门、佛山南海、东莞石龙、北京、山东淄博、山东济宁、安徽池州、江苏连云港、广西梧州等地的来信，有很多地方我还没有去过，谢谢你们把家乡的风景带到了我的眼前。

信中，我看到了你们认真的一笔一画、用心设计颜色鲜艳的图画，稚嫩的文字，真挚的语气，你们的勇气和理想，都深深地感动着我。生长在这个时代，你们是幸福的。你们善于表达、善于分享，中国有你们这些充满活力的新生代，我感到无比欣慰！

这个春节注定是不平凡的，你们有害怕，也有担忧，但是我更多地看到了你们的勇气和你们的理想。新冠肺炎，这不是中国的疾病，而是人类的疾病。希望你们相信我们的国家，相信我们的白衣天使战队，无论是在一线抗疫，还是在家里学习，

我们都是在与疾病进行战斗。

我相信你们会好好利用"停课不停学"的这段日子不断学习，用知识缝制铠甲，不远的将来，当你们走出社会，在各行各业都将由你们披甲上阵。

你们是未来的接班人，希望你们好好学习，投身于祖国的建设，不惧艰辛、勇敢前行！

南山爷爷
2020 年 3 月 5 日

钟爷爷写给孩子们的这封信，通过网络迅速传播到了全国无数的孩子、家长、老师和校长的视野里。很多家长、老师都把这封书信朗读给孩子们听。

有院士的科学专业，有战士的勇猛无畏，更有"国士"的担当之心。钟南山院士是生活在我们身边的一位和蔼可亲的老爷爷，也是一位真正的国家英雄。

2020 年 9 月 8 日，为了表彰在抗击新冠肺炎疫情斗争中做出杰出贡献的人，全国抗击新冠肺炎疫情表彰大会在北京人民大会堂隆重举行。党和人民授予钟南山"共和国勋章"，同时授予张伯礼、张定宇、陈薇"人民英雄"国家荣誉称号。

他们英勇无畏的表现和逆行出征的感人事迹，可歌可泣、催人奋进。他们的名字和功绩，将永远铭刻在共和国的丰碑上。

请少年朋友们记住钟爷爷的话："用知识缝制铠甲，不远的将来，当你们走出社会，在各行各业都将由你们披甲上阵。"

你的天空，你的高度，将从一颗勇敢的、奋发向上的心开始。是飞向屋顶、树梢、云层，还是飞向更远、更高、更辽阔的天空，那就要看这颗心把你的梦想带往哪里了……

细心的人们一定还记得，在抗击新冠肺炎疫情初期的日子里，钟南山院士在接受媒体采访时，谈到全国的医务人员白衣为甲、日夜奋战在充满风险的抗疫火线上时，他的眼里噙着热泪。

"为什么我的眼里常含泪水？因为我对这土地爱得深沉……"

人们引用了诗人艾青的两句诗，来形容钟南山对祖国忠诚的感情，对人民深挚的热爱，还有对白衣为甲、忘我工作的战友们由衷的敬佩与感激。钟南山院士，不就是这样一位对党、对祖国、对人民、对自己毕生投入的医学事业，无怨无悔、爱得无比真挚和深沉的人吗？

2020年4月2日，英国爱丁堡大学公布年度杰出校友，中国呼吸病学专家钟南山，以超过90%的票数当选，成为爱丁堡大学校友奖首位获得者。

"肝胆相照"

*

"国有危难时,医生即战士。宁负自己,不负人民!"

像往常一样,张伯礼爷爷又在门诊室坐诊了一整天,只能趁着站起来喝口水的工夫,活动一下肢体,算是稍作休息。

就在他疲惫地走出诊室时,突然,有一位病人家属拦住了他……

"张教授,我们是从农村赶来的,没挂上号,您救救我们吧!救救我们……"病人家属恳求说。张爷爷一边扶着病人坐下,一边仔细地询问病况:"哦,别着急,别着急,请慢慢说。"

原来,这位病人得了肺癌,去了好几家医院,花了两万多元了,也不见好转。张爷爷根据自己丰富的从医经验,做出了诊断:这位病人的"呛咳"症状,很有可能是药物副作用引起的。

张爷爷把病人的用药调整成了中药,微笑着说:"你要乐观一些,振作起来,依我的判断,你不是癌症患者。"

一周后,病人再来复诊时,症状有了明显改善,精神状态看上去也不像个病人了。又用了一段时间中药后，病人竟然奇迹般地康复了。

病人和家属欢喜地拉着张爷爷的手说："张教授，多亏了您的中药配方啊，您真是我们全家的救命恩人哪！"

张爷爷又露出他那招牌式的慈蔼笑容，摇摇头说："不，不是我，这是古老的中华中医药挽救了病人的生命。"

张伯礼爷爷是中医内科学领域的著名专家、学者，中国工程院院士，还兼任天津中医药大学校长、中国中医科学院院长等职务。每天，慕名找他看病问诊的人实在是太多了，他的工作量多重啊！可是人们看到和听到的，总是张爷爷慈蔼的笑容和轻声细语的询问……

人们常用"医者仁心""大医广德"等美好的词语，来赞颂医生这个崇高的职业。从张爷爷身上，人们看到了医者的仁爱，也感受到了中华传统医药学的智慧与神奇的力量。

2020年，突如其来的新冠肺炎疫情，让这个春天变得异常沉重。

1月24日，国家迅速组建了以钟南山院士为组长、由14位医学专家组成的疫情联防联控机制科研攻关组，作为"中央指导组"中的"专家组"。这个专家组，被人们誉为"科学家天团"。张伯礼爷爷就是这14位专家之一。

1月27日，大年初三这天，正在天津的张爷爷接到了中央的命令，紧急飞往武汉。从这一刻开始，72岁高龄的张爷爷一直坚守和奋战在武汉的抗疫火线上，苦战了整整82天！

细心的人们一定注意到了，张爷爷在临危受命、奔赴火线的时刻，说过一句豪迈的誓言："国有危难时，医生即战士。宁负自己，不负人民！"像白衣为甲的年轻逆行者们一样，张爷爷全副武装，穿上密封的防护服，进入了风险很高的病房区……

2月12日，一支209人的中医医疗团队，由张爷爷率领，进驻武汉江夏区大花山方舱医院。这支医疗队也被称为"中医国家队"。来自天津、江苏、河南、湖南、陕西五省市的中医科、呼吸与危重症医学科、医学影像科、检验科、护理科等科室的医生和专家，将在这里开展中医中药对新冠肺炎的临床治疗、预防和临床研究。身为中央指导组专家组成员的张爷爷，还担负着江夏区大花山方舱医院总顾问的重任。

为了便于识别，每位医护人员的名字都写在防护服上。

战友们在张爷爷的防护服上写了"老张加油"四个大字。

张爷爷也从不认为自己已经"老了"。他像年轻人一样坚守在一线病房里，日夜奋战。有位记者在报道中说，张爷爷是一位"年逾古稀的老人"，张爷爷在审读时忍不住马上拿起笔来，把"老人"改成了"学者"。

中医讲究的是"望闻问切"。不进入病房,不接触患者,怎么能"望闻问切",精准地找出发病规律呢?怎么能看清病人真实的症状呢?所以,张爷爷总是坚守在一线,近距离观察病人状况,指导会诊。

夜色已经深了,他还要召集大家开会,一起研究和细化治疗方案,或针对某一个具体病例,亲自开出药方。学生们心疼他,就劝他说:"您每天太忙了,这样下去,会吃不消的,有些事,就让我们干吧!"

"怎么?是不是又嫌我老了?"张爷爷故意说,"带兵打仗,自己不亲临前线,岂不是成了纸上谈兵?"

"可您是院士,是专家,我们也得照顾和保护好您呀!"

"只要穿上了这身白衣,人人都是战士,你们不用担心我,我会保护好自己的!"张爷爷坚定地说道。

他像一位镇定自若的将军,铠甲在身,日夜不脱,经常在病房里一待就是好几个小时。

"生命相托是一份责任,如果不能替病人去担当,就不是一个好大夫。"他经常这样提醒和叮嘱年轻的医生们。

张爷爷本来就有胆囊炎旧疾,因为每天都在超负荷地工作,劳累过度,2月16日这天,旧疾复发,疼得他额头上沁出了豆

粒大的汗珠,身体再也支撑不下去了……

中央疫情防控指导组的领导闻讯后,强令他立刻住院治疗。张爷爷想,此刻正是"武汉保卫战"最吃紧的时候,有那么多病人在等待救治,便问:"能不能采取保守治疗,再扛一扛?"

"这个不行!我们得为您负责,您不能再拖了,必须手术!"负责为他治疗的专家态度很坚决。

2月18日,张爷爷被推上了手术台。

任何病人手术前,按照要求,都要征求家属意见。张爷爷请求说:"不要告诉我的家人了,我自己签字吧!"

他想,这个时候自己在武汉突然病倒了,在天津的老伴儿要是知道了,不知会焦急和担心成什么样子!张爷爷把一切事情都想得很细致,他怕自己的病情影响"军心",还特别叮嘱说,千万不能让外界知道他手术的消息,以免引起不必要的猜测和恐慌。

张爷爷躺在手术台上,医生给他做了胆囊摘除手术。

麻醉过后,张爷爷醒来的第一件事,就是让助理读最新的疫情通报给他听,然后又迫不及待地打电话询问江夏区大花山方舱医院的情况……

在武汉摘除了胆囊,张爷爷有一个风趣的说法:"肝胆相照,肝胆相照,这回我把'胆'留在武汉了!胆没了,胆量还要留下来！"

张爷爷的儿子张磊也是一位医生，是天津中医药大学第一附属医院的一名主任医师，兼任天津中医药大学第四附属医院执行院长。在张爷爷手术后第三天，张磊带领天津市第12批援鄂医疗队，也奔赴到武汉。

张磊一到武汉，得知父亲做了手术，就火急火燎地要来看望老父亲。张爷爷却一口拒绝了，说："现在一线人手这么紧张，你先管好病人要紧，不用担心我。"

"上阵莫过父子兵"。儿子听从父亲的命令，带着队伍直接去了江夏区大花山方舱医院驻地，立刻投入到紧张的工作中。

"仗正打得激烈，我不能躺下！"手术过后仅两天，张爷爷就让人在病床上加了一张小桌子，左胳膊上还输着液，右手就开始书写和批阅病例了。

手术后第三天，张爷爷要参加一个疫情研究的视频会议。因为身体还十分虚弱、疲惫，他担心被远方的同事看到，就特意找来一件黑色外套，把拉链拉到最上面，遮住了病号服，才放心地参加会议……

这一瞬间，被他的学生偷拍了下来。直到年底，这张照片才首度公开。这个感动了无数人的细节，迅速冲上了热搜。

3月22日夜晚，很多观众都收看了央视播放的对张伯礼院

士的访谈节目。谈到最初接到赶赴武汉的命令时，谁也没想到，平日里总是一脸和蔼笑容的张爷爷，这位早已身经百战的科学家，竟然再也控制不住自己的情绪，热泪涟涟、泣不成声了……

待张爷爷稍微平静了一下，主持人又问道："张老师，您身经百战了，为什么回忆起这个时刻，情绪仍然这样激动？"

张爷爷说："当时的武汉，已经知道，情况是很严重的，并且当时对冠状病毒的了解，远远不像现在那么多，所以觉得中央让我去，本身我这个岁数在这摆着，说明疫情很重，才让我来负责，否则不会让我这个老头儿来。"

"您可以说不来吗？"主持人又问。

"绝对不会说，从来也没想到'不来'，一点儿都没想过这个。……叫你来，就是一份信任，这份信任是无价的，绝对不能推。"张爷爷回答说。

多么真实和质朴的回答！这番对话，让我们看到了一位中医科学家、一位72岁的老人，在关键时刻挺身而出，为国担当、为国分忧、勇往直前的大义和胆魄。

身处疫情中心的每一位白衣勇士，和每一位患者一起，和全国人民一道，一边在艰难地解决着一个个难题，勇敢地征服着一个个沉重和痛苦的日子，一边在倾听着和盼望着，那越来越近的春天与胜利的脚步……

早在 2003 年抗击"非典"时，张爷爷提出的中西医结合方案的有效性，就已经得到了验证。这一次，在奔赴武汉前，他指导着团队，在天津市海河医院用中西医结合的方案抗击新冠病毒，也取得了良好的疗效。疫情防控工作中央指导组征召他率队驰援武汉，也是希望他提出的中西医结合的科学方案，能为防控新冠肺炎疫情发挥作用。

把中西医结合起来，是张伯礼爷爷在抗疫之战中力推的一种科学的治疗方法。

凭着以往的经验，加上在武汉 82 天亲临一线的观察和苦战，张爷爷认为，这次新冠肺炎，好比是人体免疫力和病毒的"搏斗"，治疗可以针对病毒，也可以针对人体抵抗力。中医药的独特威力，就是在人体免疫力低下时，通过药物调节，让人体免疫力得到提升；当免疫功能变得亢进时，还可以通过中医调节把它压下来。中医把这个威力叫作"双向调节"。

所以，张爷爷有一个很自信的说法：对轻症患者，中药可以全部拿下！对重症患者，西医西药是"主力军"，但中西医结合起来，更能力挽狂澜！

在张爷爷等中医药学专家的强力推动下，武汉协和医院、同济医院、金银潭医院等，对重症患者都采用了中西医结合治疗。在江夏区大花山方舱医院里，中医药的介入比例超过 90%。大

量病例证明，在西医呼吸、循环支持下，中医药在稳定血氧饱和度、控制肺炎进展、抑制炎症因子风暴以及保护重要脏器功能等方面，都起到了有效的辅助作用。很多重症患者转为轻症，或如期康复出院。

"中医是苍生大医，治病救人几千年了，是中华民族独有的财富。"张爷爷说，"我们的祖先留下来的财富，是无价的瑰宝，让我们在应对疫情时，有了中西医两套治疗方案，我们应该感到幸运。"事实证明，中医药在救治新冠肺炎病毒感染者的战场上发挥了神奇的作用。这是中医药科学的力量，也是中医药科学家的力量。

经过漫长的鏖战，湖北的疫情得到了控制，取得了阶段性胜利。武汉，一座英雄的城市，终于迎来了"重启"的时刻。3月10日这天，武汉最后一家方舱医院——江夏区大花山方舱医院，迎来了"关门大吉"的日子。

这天，张爷爷像所有战斗在方舱医院的白衣战士一样，仍然全副武装，坚守到最后的时刻。他的背影还是那么挺拔，脚步声依然那么坚定有力。谁也看不出，这是一位20天前刚刚做完胆囊摘除手术的老人。

关舱的时刻到了！张爷爷向同甘共苦的战友们一一鞠躬，表示感谢；战友们捧着鲜花，也向他们敬仰和爱戴的张爷爷，献上了深深的敬意。

江夏区大花山方舱医院关闭后，3月17日，张爷爷的儿子张磊，带着援鄂医疗队返回了天津。张爷爷征衣未脱，在武汉又继续奋战了一个多月。屈指算来，张爷爷在武汉奋战了整整82天！

82天前，张爷爷赶赴武汉时，华北平原、中原大地和长江两岸，还在寒风料峭、雨雪霏霏之中。此时，要离开武汉回家了，祖国辽阔的大地上，无论是江南还是北国，都已春风浩荡，麦苗返青，水暖秧绿……

临别的时候，有人问道："张院士，您还会再来武汉吗？"

"这还用说吗？我不仅把'胆'留在了武汉，我在武汉还收了徒弟，开了专家门诊，今后一定会常来常往的。"张爷爷深有感触、依依不舍地说道，"武汉不愧为一座英雄的城市，武汉人民为全国和全世界的抗疫做出了贡献。真是没有想到哪，现在武汉市竟然成了全国最安全的城市！"

4月16日，张爷爷告别武汉战场，乘坐高铁返回家乡天津。坐在飞驰的高铁上，张爷爷情不自禁，写下一首诗《归辞》：

山河春满尽涤殇，家国欢聚已无恙。

两月敢忘江城苦，十万白甲鏖战忙。

>　黄鹤一眺三镇秀，龟蛇两岸千里黄。
>
>　降魔迎来通衢日，班师辞去今归乡。

2020年9月8日，全国抗击新冠肺炎疫情表彰大会在北京人民大会堂隆重举行。张伯礼院士因为指导中医药全程介入新冠肺炎救治，主持研究制定的中西医结合疗法成为"中国方案"的亮点，为推动中医药事业传承、创新、发展做出了重大贡献，党和国家授予张伯礼"人民英雄"国家荣誉称号。

悬壶济世，是数千年沉淀下来的中医药文化精神，是中医的传统之道。张伯礼爷爷对此体会最深。张爷爷是传统中医药学一位忠诚的守望者，也是悬壶济世、大医广德的中医文化的传承者和捍卫者。他的名字和功绩，也将永远铭刻在共和国的丰碑上。

无悔的选择

※

一座摆满各种仪器的实验室,成了她的"战斗岗位"。

兰溪,一个多么美丽的名字!

古老的衢江和婺江,在兰阴山麓汇合成为兰江;继续向北奔流,与新安江汇合,成为富春江;再继续向北奔流到了富阳,称为钱塘江。位于钱塘江中游的兰溪,溪以兰名,县以溪名,故名兰溪。这个山水秀美的地方,就是"人民英雄"陈薇的家乡。

陈薇从小就是小伙伴们羡慕的"别人家的孩子"。她还是小姑娘的时候,不仅容貌俊秀,而且聪颖好学,多才多艺,是一名成绩优异的"学霸"。

1984年,18岁的陈薇考进了浙江大学化工系。虽然是理科生,但她浑身散发着文艺少女的气息:喜欢舞蹈,爱好阅读和写作,梦想着将来能成为一名作家,去写科幻小说……这时候她还没有想到去当一名科学家,更没有想到自己还能成为一名军人。

1988年，陈薇获得当年浙江大学唯一一名研究生保送资格，进入清华大学化学工程系学习。这时候，她最喜爱的还是文学，经常在清华的研究生刊物上发表一些小美文。

1991年，陈薇硕士毕业时，人生的轨迹突然出现了转机：她被特招入伍，从美丽的研究生变成了英姿飒爽的军人！

春雨绵绵的早晨，一辆绿色军车，把她从清华园载到了中国人民解放军军事医学科学院，也好像把她从春风拂面的校园，直接送到了没有退路的前沿阵地上……

她知道，从穿上绿军装的这一刻起，之前的那些浪漫的、当作家和舞蹈家的"文艺梦"，就宣布结束了。从此开始，她踏上了一条以科学研究为毕生事业的理想之路。

中国人民解放军部队的生活单调又清苦，和她同期特招入伍的几位同学后来陆续离开了部队，最终只有陈薇坚持了下来。

她了解到，中国人民解放军军事医学科学院成立于1951年，当时因为美军在朝鲜战场使用了细菌武器，周恩来总理亲自签署命令，从全国抽调最优秀的科学家迅速成立军事医学科学院，担负着我们国家防御核、化学和生物武器的特殊使命。这种使命感让身穿军装的陈薇热血沸腾，坚定了投身其中、贡献才智的强大信心。

在后来的日子里，陈薇又攻读了军事医学科学院的博士学位。在经历了恋人、妻子、母亲的身份转变之后,一座摆满各种仪器的实验室,成了她的"战斗岗位"。

她的研究对象,说起来几乎能让每个人感到恐怖,它们包括鼠疫、炭疽、埃博拉……全是让人胆战心惊的病毒!

她没能成为真正的舞蹈家。但她成了与病毒"共舞"的人。正是这些用肉眼看不见的病毒,把陈薇"炼"成了一位无畏无惧的"孤胆"女军医。

她清楚地知道,这些可怕的微生物,在战争中可能成为敌人手中的生化武器;在和平时期,也可能成为大规模疫情发生的元凶,给人类的生命健康和国家安全带来巨大威胁。

现在,她是军人,是军医,是科学研究者。她的神圣职责,就是胆大心细地去面对这些"看不见的对手",用自己的智慧、才能和心血,去研发和打造出坚固的、能够保护人民生命健康和国家安全的"生物盾牌"!

2003年春天,"非典"疫情肆虐。37岁的陈薇受命对病毒进行研究。

她没有周末和节假日。常常是工作到午夜时分,她才能从实验室回到家里。在实验最关键的时候,陈薇和组员们在实验室连续奋战过48小时。最终,他们得到了一个振奋人心的实验结果:由于干扰素的保护,细胞在"非典"病毒的攻击下安然无恙。

为了验证治疗丙型肝炎的干扰素是否对预防"非典"有效，陈薇第一个钻进了极具潜在风险的负压实验室里。

按照常规，进入负压实验室，一次工作时间不能超过5个小时。但为了与疫情抢时间、争速度，陈薇在实验室里竟然持续工作了八九个小时。她被同事称为"孤胆女勇士"。

"不下汪洋海，难得夜明珠。"最终，她和团队研发的一种干扰素喷雾剂，在抗击"非典"疫情的"战场"上起到了巨大作用。这位"孤胆女勇士"也"一战成名"，荣获第14届"中国十大杰出青年"、全军"非典防治工作先进个人"等多项荣誉。

事后，有记者问她："每天和病毒近距离接触，你到底害不害怕？"

"我是母亲，是女儿，也是妻子。我希望我的家人健康，同样希望全天下的人都健康。"陈薇微微一笑说，"从我穿上这身军装那一刻起，就意味着这一切都是我应该做的。"

2008年5月，四川省汶川县发生了8级地震。突发的灾难揪紧了全国人民的心！陈薇临危受命，担任"国家减灾委科技部抗震救灾专家委员会"卫生防疫组组长，冒着余震的危险，率队入川，在灾区奋战了两个多月……

从灾区回家后，她又马不停蹄，投入北京奥运会"奥运安保军队指挥小组"专家组的工作，率队担负起奥运会各场馆的核、生、化反恐防护任务，为"平安奥运"做出了重大贡献。

从 2006 年开始，陈薇和她的团队就对危害人类健康的埃博拉病毒开展了疫苗研究。在陈薇看来，小小的一支疫苗，不仅能帮助人类防控埃博拉疫情，也承载着人民军队的医学科研人员对党和国家"战必胜、攻必克"的庄严承诺。

2014 年，非洲西部暴发了大规模的埃博拉病毒疫情。埃博拉病毒传染性强，死亡率高达 50% 至 90%，病毒潜伏期可达 2 至 21 天。一时间，世界各地的人们一听到"埃博拉"这个名词，都会感到恐慌。

为了把疫情阻挡在国门之外，陈薇率队紧急奔赴非洲疫区……

在非洲疫区，陈薇和她的团队不辱使命，争分夺秒，很快就研发出了世界首个 2014 基因突变型埃博拉疫苗，实现了中国疫苗在境外临床试验的"零突破"。

因为这种新疫苗的诞生和推广使用，世界卫生组织在 2015 年宣布：埃博拉病毒的传播在塞拉利昂已经终止！

这一刻，全世界都为之惊叹！陈薇也被人们誉为"埃博拉终结者"。深受观众追捧的电影《战狼 2》的女主角，就是以陈薇为人物原型的。

2015 年 7 月，中国人民解放军总后勤部举行晋升少将军衔

仪式，49岁的陈薇，成为此次晋升的唯一一名女军官。

陈薇的儿子名叫麻恩浩。当年抗击"非典"疫情时，这个小男孩只有4岁，因为想念奋战在抗击"非典"前线的妈妈，竟对着电视机"亲吻"起妈妈。

妈妈去非洲抗击埃博拉疫情时，恩浩还是中学生。勇敢的少年主动申请，跟随妈妈到了西非去做志愿者，成为在埃博拉疫情最严重的时候前去援非的唯一一名中国中学生志愿者。

小男孩长大了，成了一名以全A成绩毕业的优秀的"后浪"青年。回想起自己的成长，他认为，自己的每一步路上，都有妈妈陈薇的身影。

到了自己选择职业和理想的时候，恩浩毅然跟随妈妈的脚步和身影，也选择了微生物学研究。陈薇知道了恩浩的决定后说："我从来不奢求你是最优秀的，但是我希望你是快乐的、健康的、富有爱心的。"

在恩浩的记忆里，妈妈从来没有对他提出过太高的要求，而是充分尊重和支持他的选择。妈妈对他提过的唯一要求是："你这一辈子做好两件事就可以，第一件事是娶自己喜欢的女孩，第二件事是做自己喜欢的事业。"

2020年的抗疫战场上，有两支英勇无敌的"战队"，无论他们在哪里出现，都会引起无数人的瞩目和敬佩，也给疫情中的人们带来了踏实、安定和抗疫的希望与信心。

第一支"战队",是几万名白衣为甲的医护人员和军医战士组成的战"疫"大军。他们日夜奋战在火线,被誉为战"疫"中的"第一天团"。

第二支"战队",是由一个个闪亮的名字组成的科学家、院士、医学专家"天团"。他们是杰出的科学家,更是为国担当、勇往直前的生命卫士。

疫情就是军情,现场就是战场!

1月26日,与许多从全国各地驰援武汉和湖北的医疗队一样,生化武器防御专家陈薇院士也率队奔赴武汉。

从抵达武汉抗疫一线那一刻起,她和战友们就在一座帐篷式的移动检测实验室里,不分昼夜地开始了苦战。

陈薇的老父亲、老母亲从电视里看到,女儿又冲到了抗疫最前线。可是直到2月3日,陈薇才挤出时间给父母打了新春的第一个电话。

"放心吧,爸爸,妈妈!我是军人,是国家的人!这时候我们必须冲到战场上……"在听到女儿声音的那一刻,父母一直悬挂着的心,才算稍微放下了。

有效的疫苗是终结新冠肺炎最有力的武器。在集中力量展开疫苗研制的同时,陈薇和战友们也日夜不停地加紧了应急科

研攻关。

这种简便的新冠肺炎检测试剂盒,很快就在他们手上诞生了,被大家称为抗疫"神器"。小小的检测试剂盒,配合核酸全自动提取技术,实现了新冠病毒的快速检测,也加快了感染者的确诊速度。

疫情初期,很多人都被"气溶胶传播"的说法吓得不轻。有的市民甚至担心,从武汉金银潭医院经过时,会不会受到感染?

这时,陈薇带着团队挺身而出,运用空气动力学,从金银潭医院院外 50 米一直检测到 ICU 病房,完成了空气采样……

又有人担心,蚊子等昆虫会不会传播新冠病毒?

陈薇和团队又迅速在武汉布点空气采样器……最终,她用科学检测,消除了人们的恐惧和不安。

还有几位正在哺乳期的妈妈,对新冠病毒感染者能否母乳喂养,有了深深的忧虑。陈薇和团队也立刻进行了跟踪监测,最终得出科学的判断:母乳在 56 摄氏度处理 15 分钟后喂养,安全可用。

药物研发有自己的周期和规律,疫苗研发更需要足够的时日。所以,陈薇到了武汉后,做了"最坏的打算":以最充分的方案,做最长期的奋战!"我们要把武汉当成自己的家,尽我们所能,用科学数据回答市民们疑虑和关心的问题。"她不断提醒战友们说。

2月26日,陈薇团队研发的第一批疫苗,在生产线下线。

这一天正好是陈薇的生日。家人、领导和朋友们纷纷给她发来生日祝福。陈薇哪有时间一一回复,只统一回复了8个字:"除了胜利,别无选择!"

2月29日凌晨,第一批疫苗运到武汉。为了消除人们的顾虑,陈薇毅然决定,第一针疫苗先注射在自己身上!

这一天,在一面鲜红的党旗下,陈薇和另外6名共产党员,勇敢而自信地伸出手臂,接种了自己研制出来的、全世界第一针新冠疫苗……

3月16日,疫苗将开始在武汉注射试验。可是,这时武汉还在封城,到哪里去寻找接受注射的志愿者呢?

让陈薇惊喜的是,在公布了需要108名志愿者的消息后,两天内就有5346人报名,其中还有一对小夫妻,一起报名来做志愿者。

陈薇说:"这对夫妻让我非常感动!万一夫妻俩感染了,谁去照顾孩子呢?武汉真的是一座英雄城市,武汉人民也是英雄人民!"

不知不觉地,陈薇和她的战友们在武汉苦战了113个惊心动魄的日日夜夜。进入5月,全球第一份疫苗人体数据在武汉发布。

拥有自主知识产权的中国疫苗，率先进入临床试验，这个阶段性成果，吸引了全世界的目光。这不仅体现了我们国家科技的进步，也显示了我们的大国形象、大国担当和对全人类的贡献。

8月11日这天，正在高原执行任务的陈薇，从媒体上得知自己被授予"人民英雄"国家荣誉称号的消息。那一刻，作为一名军人，她感到了至高无上的光荣。那一刻，她又想到了自己说过的一句话："穿上这身军装，就意味着这一切都是你应该做的！"

当陈薇再次回到武汉，市民们纷纷称赞她是当之无愧的"人民英雄"时，她微笑着说："这世上根本没有天生的英雄，只是有人负重前行，愿意牺牲自己而已。武汉的人民，才是真正英雄的人民。"

一腔真挚而清澈的爱，只为了人民的生命健康。在致力于生物危害防控研究、保护人民生命健康、维护国家生物安全的事业中，陈薇和她的战友们，正朝着更明确的目标坚定地走去，继续寻找着新的突破。

比钢铁还坚强的人

———— ＊ ————

"我从没想过当英雄。是所有人一起做出了牺牲和奉献……"

滔滔汉水与滚滚长江汇合的时候,两条大江,把大武汉划为汉口、汉阳和武昌三块陆地。老一辈人说到武汉,都喜欢称为"武汉三镇"。

1911年(农历辛亥年),震惊中外的辛亥革命武昌首义第一枪,就是在这座城市里打响的。所以,武汉不仅是一座九省通衢的城市,也是一座英雄的城市。

张定宇的童年,是在汉口一条有名的老街——汉正街上度过的。汉正街是一条从早到晚都人声鼎沸的商业街,各种小商铺的门店,老武汉各种小吃,老武汉的市井生活场景,在这里都能看到。比如,热干面、炸面窝、欢喜坨、豆皮、汤包、馄饨等小吃;比如,炎炎夏日的傍晚,摆在大街两边的"竹床阵"和象棋摊子……

少年张定宇每天都会跟着哥哥在老巷子里奔跑,到处看热

闹。这是他生长的地方,他从小就十分熟悉和珍爱这座城市的烟火气。1981年,18岁的张定宇考进华中科技大学同济医学院。从此,当一名救死扶伤、治病救人的医生,成了他选定的职业和理想。

读大学期间,张定宇家里遭遇了一次变故:从小就十分疼爱他的哥哥,不幸染上了一种流行性出血热的恶疾,英年早逝了!哥哥的夭折,在张定宇心里留下了深深的伤痛,也更加坚定了他矢志献身医学事业、救死扶伤的理想和信念。

大学毕业后,他来到武汉市第四医院,成为麻醉科的一名医生。他从心底里珍惜这一身洁白的工作服,对待每一位病人都像自己的亲人一样。

2013年12月,业务精湛的张定宇被任命为武汉市金银潭医院院长。无论是风雨交加的日子,还是雪花飞舞的季节,医院里处处都能看到张定宇忙碌的身影。他觉得自己每天都有用不完的力气和热情……

可是,2017年的一天,正当壮年的张定宇突然感觉双腿有点儿异样,走路、负重、跑步,都不像以前那样有力度了。

这到底是怎么一回事呢?

起初,他没太在意,以为也许是工作量太大,劳累过度了。当身体状态越来越差时,他去做了一次详细的检查。结果是:

他被确诊患了"渐冻症",西医学名叫"肌萎缩性侧索硬化症"。

"糟糕!今后的工作一定会受到影响了!"拿到诊断结果的一瞬间,张定宇的神色里透着焦虑。原来,这种疾病的典型症状是:患者的肌肉会慢慢萎缩,渐渐失去行动能力,整个身体就像被渐渐冻住了一样。最终会危及生命,甚至失去生命……

从少年、青年到壮年,张定宇的性格一直非常刚毅。他从没想到,自己作为一名救治他人的医者和勇者,会突然变成了一名患者和弱者。作为医生,他也深知,渐冻症是一种奇特和少见的绝症,目前世界上暂时还无药可救。

他是多么不愿让自己处在被同情、被照顾的境地!所以,他默默地收起诊断书,对所有的同事都隐瞒着自己的病情,继续像往常一样,忙上忙下地工作着……

上下楼梯的时候,有的同事看出了异样,问他:为什么走路有点一瘸一拐的?他赶紧轻描淡写地说是膝关节不好,搪塞过去。

又一个冬天到来了。

薄薄的雪花,落在刚刚绽开花蕾的梅树和海棠树上……

这是 2019 年的冬天。张定宇和金银潭医院的同事们,刚刚结束了一场与冬季甲型流感的搏斗,正准备稍作休整。可是谁也没有料到,一场突如其来的、更为暴戾和肆虐的新冠肺炎疫情,

开始席卷全国和全世界!

此时,张定宇和他的同事们还无法想象,这场新冠肺炎疫情,是百年来全球发生的最严重的传染病大流行,是新中国成立以来所遭遇的传播速度最快、感染范围最广、防控难度最大的重大突发公共卫生事件。

金银潭医院是由武汉市三家专门诊治传染病的医疗单位合并而成的,又称武汉市医疗救治中心,它的"强项"是治疗传染类疾病。新冠肺炎疫情暴发后,金银潭医院很快成为全国人民日夜关注的一家收治新冠肺炎患者的定点医院。一场严峻的生死考验,摆在了张定宇和他的同事们面前……

2019年12月29日,第一批共7名患者转入该院。4天后,金银潭医院开辟了专门病区,接诊越来越多的病患。

张定宇和同事们几乎是作为抗疫阻击战的"先头兵",率先进入了一个陌生和危急的战场!金银潭医院,成为武汉疫情防控阻击战最先打响的地方。

进入传染病房的每个医生,都必须穿上连体防护服。但因为自身病症的限制,张定宇自己完成不了穿连体防护服的动作。每次穿脱防护服,他只能请同事帮忙。即使在这样的时候,这个倔强的人,仍然没有透露出半点自己的病情。

在大批驰援武汉的军医和医疗队到来之前,张定宇和600

多名同事一道，几乎是孤军奋战，在金银潭医院硬扛了20多个高度紧张的日日夜夜。

2020年1月5日，紧急送到金银潭医院的患者已有100多名。这时候，大多数市民对突如其来的疫情还没有足够的认知，一种"谈疫色变"的恐慌心理和气氛笼罩着人们。一天之内，医院聘任的50多名保洁员，吓得不辞而别；第二天，又有18名保安员请假离岗……

紧急关头，张定宇做出了一个果断的决定：没有保洁员，就由院里的护士和行政人员顶上去；没有保安员，就抽调一些后勤人员顶上去！他号召：所有的共产党员都要挺身站出来，冲上第一线！果然，金银潭医院的257名党员，全部站到了急难险重的岗位上，没有一个"逃兵"。

在最短的时间内，张定宇通过紧急招聘外部工程队、集合医院后勤力量，动用了全部的人力和物力，披星戴月，不舍昼夜，把医院里全部21个病区都统一进行了重新区分、布置和消毒。

张定宇拖着疲惫的病体，刚准备喘息一下，突然，一个糟糕的消息传来：他的妻子，在市第四医院门诊部接诊时不幸受到感染！

在接到电话的一瞬间，这个坚强的汉子还想努力让自己站稳了，可这个消息如同五雷轰顶一般，让他一阵眩晕，瘫倒在

了地上……

不过他深知,这时候哪怕心急如焚,也不能离开自己的岗位,去探视一眼被确诊的妻子。这里,一刻也离不开他!

他咬紧牙关,继续指挥和调度着医院里紧张的工作……

几天之后,他的同事,也是工作上最亲密的战友、金银潭医院副院长黄朝林,也不幸受到感染,被确诊为重症!

沉重的消息一个接着一个,如同雪上加霜……

难道这场残酷的疫情,要摧毁这个坚强的人吗?

此时的张定宇,眼里有泪水,却只能偷偷地流,或暗自咽下去。他甚至不知道自己还能支撑多久。但他相信,在前方,他们为了抢救病人不顾一切,而在身后,鼎力支撑他们的,是我们党,我们整个国家!

2020年1月24日夜晚,是农历除夕之夜。

武汉三镇点亮了万家灯火,但谁也没有了过年的心思。

这时候,在火线上奋战了20多天的张定宇,疲惫地坐在值班室里,正准备和进入隔离病房的妻子连线视频,突然,电话铃响了……

就在此夜,全国人民通过电视等媒介看到了中国人民解放军陆、海、空三支身着迷彩服的医疗队,共450人,乘坐专用军机,星夜飞驰到了武汉……

陆军军医大学一支150人组成的医疗队，从机场直接奔赴到了金银潭医院……

几个小时之后，1月25日凌晨2时，又一支从上海飞来的医疗队，共136名医护人员，也进驻了金银潭医院。

"党中央、习总书记派来的亲人到了！"

"武汉有救了！湖北有救了！"

一时间，金银潭医院和武汉其他各家医院的医护人员，整个武汉市、湖北省和全国都沸腾了，所有人都振奋起了战"疫"的精神和信心！

来不及擦干喜悦和激动的泪水，张定宇和战友们一道，迎接了冒着寒风驰援而来的陆军军医大学医疗队和各路亲人。

1月26日下午1时，陆军军医大学医疗队接管了金银潭医院两个病区。下午2时，上海医疗队进驻另外两个病区。到当天晚上11时，金银潭医院累计收治重症患者657人。

第二天，1月27日，国务院总理李克强飞抵武汉，第一站就来到疫情的前沿阵地金银潭医院。此时，金银潭医院已是全武汉市收治确诊患者和重症患者最多的地方。

白衣为甲，生命至上。在接下来两个多月的生死救援中，金银潭医院先后开启21个病区，收治千余名患者。

不过，这时候，张定宇一直守着藏着的渐冻症的秘密，再

也瞒不下去了。当同事们得知了张院长的身体实情,除了震惊,还有说不出来的心疼!

"这么大的事情,他竟然独自扛了这么久!这得需要怎样强大的意志来支撑啊!"一位同事心疼地说。

原来,张定宇通过查阅和检索相关资料,早已清楚了自己生命的前景:幸运的话,可能会有 10 年时间;如果命运故意要跟他过不去,那可能就仅剩 5 年左右的时间了。

多么坚强的人啊!为了抢救病人的生命,张定宇早已把自己的生死置之度外了。他这样说道:"我不敢保证,也不知道自己的生命还有多久,没有可预测的指标。我能做到的,就是珍惜每一点时间、每一刻时间、每一会儿时间。我愿意在坚实的大地上行走,愿意和大家在一起,愿意和空气、阳光在一起。"

"我愿意在坚实的大地上行走",这本是一个多么微小的愿望。可是对张定宇来说,这又是一个何其奢侈的愿望!为了这一步一步的踏实地行走,他悄悄忍受了多大的艰难,克服了多少常人难以体会的困难……

有时候,他必须用双手紧握栏杆,用力地往前一拉一拉地,才能走上一层楼梯。有许多次,他走着走着,突然失去了重心和支撑,"砰"地跌倒在地,许久都站不起来……

他双腿的肌肉一天天在萎缩。最糟糕的时候,他只能单腿站立着，把全身重心压在一条腿上，要持续站立半个小时，才能有所缓解，使全身恢复平衡。而那时候，他已是大汗淋漓，与经历了一场殊死的搏斗无异……

张定宇说过："我必须跑得更快，才能从病毒手里抢回更多的生命！"他把日夜奋战在抗疫一线的战友们，称为英雄和超人。其实，他自己就是一位顶天立地的英雄，一个比钢铁还要坚强的超人。在 2020 年这个特殊的春天里，无论是"金银潭医院"，还是"铁人张定宇"，这两个名称，都深深地铭刻进了全国人民的记忆里。

明媚的春天，迟迟地到来了。

梅花开了，樱花开了，迎春花开了。

接着，桃花、李花、梨花、杏花、杜鹃花……都盛开了。

春天的花，把武汉这座英雄的城市装点得分外多姿。

但是，奋战在抗疫一线的人们，暂时顾不上季节的变换。所有的花，该盛开的，你们都好好地迎风怒放吧。

等到所有的春花，都在明媚的春光里绽放了，在抗疫一线苦苦奋战了两个多月的白衣勇士们，也迎来了凯旋的时刻……

进入 3 月中下旬以后，一支支援鄂、援汉医疗队里，不断传出喜人的消息：本院最后一位患者今日康复出院……患者清零，方舱医院关闭……美丽的白衣天使们，一个个摘下口罩和

防护头套，露出了舒心的笑容。火线战"疫"、历尽艰辛的亲人哪，终于可以平安回家了！

"送战友，踏征程，默默无语两眼泪，耳边响起驼铃声。……山叠嶂，水纵横，顶风逆水雄心在，不负人民养育情。战友啊战友，亲爱的弟兄，待到春风传佳讯，我们再相逢……"送别的时刻，在每一支医疗队里，都能听见这深情送别的歌声。

3月24日这天，福建省援鄂医疗队的148名队员也胜利地完成了驰援任务，收拾起简易的行装，即将凯旋。离别前，在机场出发大厅里，57岁的抗疫英雄张定宇，拖着患有渐冻症的身躯，坚持来为亲爱的战友们送行。

屈指算来，来自福建的这支白衣"战队"，在金银潭医院的火线上度过了58个与病毒、与死神争分夺秒的日日夜夜，创下了医护人员零感染、病人零死亡的奇迹。

男儿有泪不轻弹，只是未到动情时。此时，张定宇眼含热泪，和将要离别的战友们紧紧拥抱在一起，哽咽着说："我们的亲人，我们的好兄弟，感恩大家！你们在最危难的时候来到武汉……"

张定宇作为扎根医疗一线的杰出代表，身为渐冻症患者，却不顾个人安危，冲在抗击新冠肺炎疫情最前线，救死扶伤，英勇无畏，为打赢湖北保卫战、武汉保卫战做出了重大贡献。

2020年9月8日，全国抗击新冠肺炎疫情表彰大会在北京

人民大会堂隆重举行。党和国家授予张定宇"人民英雄"国家荣誉称号。

事后，张定宇回忆说，在人民大会堂，有两个时刻，他的心一直是提着的：一个是在大会堂门前上台阶时，一个是在走上主席台走向习总书记时。他的腿不听使唤，走路不稳，他很担心会在总书记和全国人民面前摔跤。

授勋仪式时，习总书记紧紧握着他的手，轻轻拍了两下，然后庄严地为他佩戴上象征国家至高荣誉的"人民英雄"勋章。

习总书记十分关心张定宇的病症，亲切地叮嘱他要注意身体。张定宇告诉习总书记说："我一切都好，我要继续努力为党和人民多作贡献。"

"人的生命长度是有限的，但宽度和厚度却是无限的。作为一名共产党员，我的生命早已不仅仅属于我自己，还属于我们宣誓并为之献身的事业。""我从没想过当英雄。是所有人一起做出了牺牲和奉献，我仅仅是他们中的一分子。"授勋之后，张定宇这样谈到自己的未来。

现在，渐冻症带来的伤痛几乎每天都在折磨着他，每天晚上，张定宇的腿都会抽筋，疼痛难忍时，他需要站起来，试图用体重压住抽筋的腿。他说："我不能被病痛压倒！有人问我，身体都这样了，为什么还这么拼？我回答说，如果你的生命开

始倒计时，就会拼了命去争分夺秒做一些事。现在不歇，在漫长的以后，我会一直歇着，很久很久。歇不住，又何尝不是一种幸福？"

"我愿燃烧病残之躯，疗愈世间的伤痛。"回顾在抗疫火线上度过的日日夜夜，张定宇深有感触地说，"这场人民至上、生命至上的战争，我们赢得太不容易。此时此刻，我仍然想对那时远离亲人、集结出征的346支医疗队、海陆空三军医疗队，以及4.2万名援鄂医护人员，再次说一声：谢谢你们，为湖北拼过命！"

一路芬芳满山崖

*

在百坭村,披星戴月的日子,成了文秀的生活常态。

2021年6月29日,庆祝中国共产党成立100周年"七一勋章"颁授仪式,在庄严的人民大会堂隆重举行。

这天上午,来自广西百色山区的黄茂益,代表妹妹黄文秀,上台领取了金光闪闪的"七一勋章"。

可惜的是,年轻的文秀看不见这庄严和神圣的一幕了。她美丽的英魂已经化作依依不舍的彩云,永远飘在家乡百色群山的峰顶和岩头……

1989年,黄文秀出生在百色市田阳区德爱村一个农民家庭。小时候,因为家境贫寒,她是在国家助学政策的帮助下才完成中小学学业的。父亲黄忠杰经常叮嘱她说:"文秀呀,没有共产党,我们家不可能脱贫,不可能有今天的生活。所以,你一定要懂得感恩,一定要入党,为国家多作一点贡献啊!"

"没有政府的扶贫资助,家里不可能供我来上大学。我选

择读思政专业,选择加入党组织,是发自内心的。"2008年,文秀在山西长治学院读书时,就向党组织递交了入党申请书。

2011年6月,品学兼优的黄文秀实现了自己崇高的理想,成了一名光荣的中国共产党党员。"只有把个人的追求融入党的理想之中,理想才会更远大。"她这样写着内心的激动与憧憬。

党的恩情,她从来没有忘记;改变家乡山区贫穷落后的面貌,也一直是她心里的梦想。2016年,黄文秀在北京师范大学硕士研究生毕业后,毅然放弃了留在大城市的工作机会,回到了生她养她的家乡。对此,她的同学和朋友不太理解,她笑着回答说:"很多人从农村走出去就不想再回去了,但总是要有人回去的,我就是要回去的人。"

百坭村,是广西百色地区一个深度贫困村,全村有11个小屯子,像小小的纽扣一样,散落在大山的褶皱里,有几个小屯子离村委会有十多公里远,最远的有13公里。

2018年,全国脱贫攻坚战的号角吹响了。29岁的黄文秀主动请缨,来到乐业县百坭村,担任驻村党组织第一书记。

"你是名牌大学的研究生,为啥要来到这么远的山区吃苦受累呢?这里的山道多难走啊,一个女娃子,怎么受得了!"面对乡亲们的疑问,文秀坚定地回答说:"百色是全国脱贫攻坚的主战场之一,我作为一名共产党员,必须积极响应党的号召,

到人民群众最需要的地方去。"

有一天，一位老叔捧给文秀几个金色的枇杷说："甜得很哪，你尝尝。"黄文秀想也没想，接过来咬了一口。"哎呀，好酸哦！"

原来，这位老叔想故意逗一下文秀，试试她娇不娇气。另一位村民责怪老叔说："你要惹得黄书记不高兴咯！"文秀却大笑着说："不酸，不酸，甜得很哟，甜得我牙齿都快掉啦！"

在她和村民们朗朗的笑声里，彼此的心，一下子就拉近了。

没过多久，乡亲们就放心了。大家发现，不论是吃苦耐劳的程度，还是对扶贫的思路，文秀都不愧是念过大学的人，什么都能做得让大家心服口服。

"无论男女老幼，不管见到谁，她都是笑脸相迎，主动打招呼，这样的女孩子谁不喜欢呢？"在乡亲们眼里，文秀心地善良、性格开朗，一来到这里就和村民们融在了一起，跟着村民学说当地方言，学唱当地山歌，就像在百坭村长大的女儿一样。

扶贫路上，有苦也有甜。文秀从不好高骛远，而是脚踏实地，从具体的小事、实事入手，帮助乡亲们排忧解难，一步一步地向前迈进。

村里有个年轻人叫罗向诚，原本在南宁打工，家里日子还算可以。后来因为父亲患上肝癌，医治花费巨大，最终不仅没能挽回父亲生命，全家也因病返贫。

文秀看在眼里,多次到罗向诚家找他谈心,鼓励他重新振作起来。"把你父亲的油茶林护理好,那是一片致富林,不要轻言放弃。"文秀的话,带给了小伙子一些信心。

他原本仍想外出打工,最终被文秀劝住了。文秀请来技术专家帮助他解决种植管护难题,还协助他申请贷款,开办了碾米厂、榨油房。罗向诚一家不仅在2018年重新脱贫,日子也越过越红火。

"现在我的山茶油一斤卖50块钱,在家的收入比外出打工高多了。"小伙子说,"要是没有文秀书记,我哪会有今天啊,说不定还在城里寄人篱下呢!"

村里的贫困户黄仕京这样问过文秀:"你是北京毕业的研究生,你为什么到我们这么偏远的农村工作?"文秀说:"这里是脱贫的主战场,我有什么理由不来呢?共产党是为群众谋幸福的党,我是一名党员,这是我的使命。"

在百坭村,披星戴月的日子,成了文秀的生活常态。村民们劳作早出晚归,文秀每天起得更早,总是赶在村民出门前就入户做工作,晚上又在家门口等着他们回来,经常要到晚上十来点钟才能回到村委会驻地。

年轻的小韦,在百坭村负责妇联工作。她和黄文秀以姐妹相称,是每天在一起奋战的"战友"。一天的工作结束了,文

秀总要踏着淡淡的星光，先把小韦安全地送到家，自己才放心返回村委会。

人不是铁打的，总有病累的时候，文秀也是。有一段日子里，因为长时间的劳累，文秀身体很虚弱。小韦劝她休息几天，工作先放一放。文秀说："阿姐啊，不能停，我这一停下来，工作就落后了。"

驻村仅仅一年，文秀就把全村所有贫困户仔细地"梳"了好几遍。一年下来，她的汽车仪表盘的里程数，正好增加了两万五千公里。她说：驻村一年，就像是她的一次"长征"。

黄美线阿婶的丈夫因病去世了，家里经济状况很不好。文秀想法帮她家申请到5万元贷款，让她家办起了小型农产品加工厂，还开了一个小卖部……

"你帮了我们家这么多事，从没吃过我家一顿饭，我心里不好过……"黄美线想留文秀在家里吃顿饭，文秀笑笑说："还有几户人家我得赶去看看，放心吧，我带着干粮哪，在路上吃点就好……"

为了帮韦乃情一家早日脱贫，文秀一年往她家跑了12趟，帮着她种上了20亩油茶树，还为她申请了养老补贴、住院报销。"文秀一心一意帮我，比我女儿还要亲哟！"一提起文秀，这位老婶禁不住就会流泪……

百坭村共有建档立卡贫困户195户883人。2018年，黄文秀带领全村通过易地扶贫搬迁，脱贫18户56人，教育脱贫28户152人，发展生产脱贫42户209人，还完成了4个蓄水池的新建。

百坭村那些小屯子，不是在山顶上，就是在沟谷里，没有一条像样的路，山上果园里的果子运不出去，外来的物资也很难运进来。文秀下决心要为乡亲们把路修好，把桥修好。许多风雨天里，她都带着村干部，在山野、农田和果园边，踏勘地形……

山上的屯子里缺水，河上也没桥。有时，村民们只能用绳子吊起几根木杆凑合着取水。遇上洪水，木杆就会被冲断。

"必须在这里修一座桥，解决乡亲们的日常用水和山上的农田与果园的灌溉问题。"她一次次在镇里和县里奔波，申请到一部分资金，又发动村民出工出力，终于为百坭村修起了一座真正的桥。

美丽的青春之花正在绽放，脱贫决胜之战的号角已经吹响，年轻的文秀正在规划和憧憬着百坭村乡亲们未来的日子……

2019年6月16日，一个周末，文秀回德爱村看望过刚做完手术的父亲后，心里一直在担忧，最近几天，暴雨连续不断，会不会给百坭村的庄稼和果树带来什么损害呢？

看过父亲后,她因为心里有事,就没有多停留,连夜开车赶回百坭村。原来,村干部给她打电话,说有条水渠被洪水冲垮了……

深夜里,暴雨如注。她开着车子驶进凌云县境内时,已是半夜时分。23时43分,文秀用手机拍了一条山洪视频发在微信里,还配了她的声音:"好危险,有一辆车已经被水冲走了,我现在过不去了。"

突然,一道凶猛的山洪袭来。借着车灯,文秀看到,洪水包围了她的车子。"我遇到洪水了。"她拍了个视频发给了大哥黄茂益。这是她留给亲人最后的话。

就在这个深夜,年仅30岁的文秀,被黑夜里的山洪卷走了……

年轻的文秀倒在了扶贫路上。但她用一段奋斗的青春芳华,换来了乡亲们的幸福,使百坭村成为全镇脱贫人数最多的一个山村。

对于文秀的选择,她的父亲黄忠杰非常理解和支持。他说:"党培养了文秀,她为党的事业做出贡献,我们以她为荣。"

文秀尚未完成的事业,后继有人。在她殉职半个多月后,7月3日,百色市委宣传部的青年干部杨杰兴,接过了文秀留下的"接力棒",来到百坭村接任了驻村第一书记。

在百坭村建一所幼儿园，是文秀驻村时的心愿之一。百坭村有上百名幼儿，有了幼儿园，不仅能解决全村幼儿入园难的问题，与百坭村相邻的谐里村、中合村等村子的幼儿，也都有了一个乐园。年轻的杨杰兴到任不久，就着手去实现文秀的这个心愿。

现在，文秀未竟的心愿已经实现了！百坭村和周边4个村子的110多名小朋友，像快乐的小山雀飞进小树林一样，飞进了自己漂亮的乐园里。为了表达对文秀的感念，人们把这所幼儿园命名为"文秀幼儿园"。

文秀用青春的汗水和心血浇灌的理想之花，就像美丽的映山红一样，正在家乡的山岭上盛开。她生前的一个个美好的愿望，正在大家的继续奋斗中，一点点地变成现实……

2019年年底，百坭村整体脱贫。2020年11月20日，经广西壮族自治区人民政府批准，乐业县正式退出贫困县序列。

2021年2月25日，全国脱贫攻坚总结表彰大会在人民大会堂隆重举行。经过全党和全国人民同心协力的奋斗，我国脱贫攻坚战取得了全面胜利！伟大的祖国，英雄的中国人民，创造了又一个前所未有的人间奇迹！

表彰大会上，黄文秀和张桂梅等10人当选全国脱贫攻坚楷模。当习近平总书记在讲话中念出了"黄文秀"的名字时，坐在台下的文秀的父亲，眼里噙着泪水，忍不住抬起手按了按发酸的鼻子。

这一幕，也让无数电视观众眼睛湿润……

是啊，艰巨的脱贫攻坚战终于胜利了，可是年轻的文秀书记却看不到了！她的青春，她的生命，已经化作了百色群山之上的彩云，化作了家乡山岭上的红杜鹃。

就在黄茂益代表妹妹文秀领取"七一勋章"的当天，他也庄严地写下了一份入党申请书。"文秀是我的好妹妹，也是我的好榜样。"他说，他也愿意像妹妹文秀一样，一生为共产主义事业贡献力量。

祖国

祖国,请听我热情的呼唤
祖国之恋
祖国母语
敬爱母语
国庆节的回忆
早安!祖国

祖国,请听我热情的呼唤

*

心灵之外的天地比我所想象的,更加辽阔而多艰……

乘着每天的黎明之翼,乘着自由的心灵之风,你来了……

仿佛我的生命中每天的太阳,你带着童贞而来,满怀青春的欢乐与梦想而来。我知道,你抛弃了陈旧和逸乐的一切,你自由而天真。

啊,我是这样坚信着,你总会如期听到我的呼唤。为了所有沉睡的花朵,为了所有跋涉在人生旅途上的疲惫与孤独的心,为了所有渴望理解与鼓舞的崇高的信仰和精神,为了那许多无私而艰辛的,正需要安慰和温暖的灵魂……

我相信,你一定会到来!

你是我生命深处的晨钟,你是与我的青春和理想的光辉同在的、飘向大地和高山的彩云。

你是我爱情的浪花,工作之后的歌声,是我性格中最温柔的那一部分;你也是坚强的毅力的雄鹰——那无私无畏的才华与梦想的化身!是不可亵渎的大自然之子,是一颗渴望去拥抱任何生活和整个大自然的心,一颗敢于与最艰险的命运和最庸俗的人生相抗争的心……

我知道,我将日日被你的光焰照彻而获得升华。我将同你一起,驾着太阳一般的生命的车辇,在这个世界奔驰,飞过一切物欲的低谷,超越自我的栅栏,到最广大的人群里去寻找我们共同的欢乐和知音。也给渐渐冷漠和沉沦的人们,送去良知与信心。

甚至到荒原之上,到沙漠之上,到古老的森林深处,到人类足迹稀罕和早已被遗忘的地方,寻找我们共同的理想的屋宇和家园,开辟更为辽阔的智慧与黄金之岸……

而同时,我深知,心灵之外的天地比我所想象的更加辽阔而多艰,能够与之适应的,必定是更为矫健和自由的翅膀。

所以我愿借着你的伟力,撑起簇新的意志的木筏,沿着那些古老和新生的波涛奔走,像激情澎湃的诗人们一样,高唱我们从未唱过的新的大路之歌和船长之歌,高唱新的青春之歌和光的赞歌。

我将和他们一同,放眼人类一座座最伟大的勇气与智慧、爱与良知的峰巅——崦嵫、尼亚加拉、阿尔卑斯、喜马拉雅、乞力马扎罗和伟大的马克丘·比克丘……面向它们,我们将别

无选择,唯有以全部的力量吹响生命与灵魂的最强音,作为对于那些遥遥相望的高峰的回应与召唤。

哦,我的热情,我们所有人的热情啊!我们赖以跨越汗漫的时空与艰难的人生旅途、期望征服那与生俱来的卑微与庸俗之心的力量啊!

"心在树上,摘下就是。"那么,为了我的祈愿,愿你永远与我同在,永远和我一起奔腾!祖国啊,你会听到我热情的呼唤吗?

祖国之恋

*

"谁不属于自己的祖国,那么他也不会属于人类。"

打开一本旧版的《可爱的中国》,我看见了昔日里夹进去的一张小纸片,那上面写着我不知从哪里记下来的三句话:

"谁不属于自己的祖国,那么他也不会属于人类。"

"一个人愈是伟大,他就愈不能没有祖国。"

"在疑惑不安的日子里,在我痛苦地思念着我的祖国的命运的日子里,给我鼓舞和支持的,唯有你啊——伟大的、有力的、真挚的……祖国的语言。"(一位身在异国他乡、年老的、疾病中的文学家如是说)

看着这张已经发黄的小纸片,我又一次陷入了深思。

这是多么痛彻和深刻的三段话啊!

祖国,原本就不是一个抽象的和不可捉摸的概念,而是一个比一切词汇都要丰富和具体、都要崇高、神圣而又亲切的存在。

对于我们今天这一代人来说,祖国,是我们脚下广阔的大地,

是我们头上蔚蓝色的和平的天空；她是我们手中的齿轮和麦穗，是我们心中的山峦和界碑，是黎明时的钟声，是大海上的汽笛，是我们生活中朝夕相依、须臾不能离开的水和空气。

她是屈原呕心沥血的诗篇，是岳飞背上刺着的红字；她是落日映照着的圆明园废墟，是甲午年大海上隆隆的回声；她是秋瑾、孙中山、林觉民们的遥远而沉重的叹息，也是李大钊、毛泽东、周恩来、朱德等共产党人手中的旗帜；她是天安门广场上高高矗立的人民英雄纪念碑，是为了新中国的诞生而前仆后继、永不止息的奋斗者的信念；她也是在新时代响起的万众一心、奋勇前行的号角……

她是我们的黄山、黄河，长城、长江，是青藏高原、黄土高原、华北平原、江汉平原和整整一大片古老的海棠叶一般殷红的版图；她是一个家园，一片山河，一个梦想，一声呼唤，是透过汗漫时空的天堑而深情地注视着我们、祝福着我们的母亲般的属望……

还有谁能比拥有自己的祖国更幸福、更值得自豪的呢？哪怕我们在从事着最平凡的劳动，只要一想到我们是在自己祖国的土地上生活和劳动着，我们就会立刻感到一种踏实和安全感，甚至感到一种崇高、宽广、伟大和美丽的诗情画意。——是的，我们所想到、所感到的，就不可能是一种有限的、可怜的和自私的乐趣,而任何艰难困苦,也不能把我们压倒!这是因为,我们是在为伟大的、慈祥的祖国母亲,为着千百万人的幸福而奋斗、而劳作,我们每个人的事业,也将因此而默默地却永恒发挥作用地存在下去。

"悠悠寸草心,报得三春晖。"千百年来,有多少仁人志士、英雄儿女的奋斗、牺牲和努力,不都是朝着这样一个伟大而真实的目标吗?没有错,正是为了今天,为了中华民族今天有更多的兄弟姐妹,能够拥有一个真正强大和富足的国家;为了后来的一代代子孙,能够扬眉吐气地生活和欢笑在自己祖国明媚的天空之下,我们有多少可敬可爱的父老兄弟,宁愿自己含笑仆倒在血火交织的黎明之前……

他们活得那样单纯和无私,听从着祖国母亲的召唤,朝着一个伟大信念奔去,无畏无惧、无怨无悔地在祖国的任何一片土地上倒下,只有异乡的老妈妈用颤抖的双手为他们合上年轻的眼帘……谁能说,祖国对于他们,仅仅是一个抽象的名词?谁又能说,祖国仅仅是教科书上的一幅图画、一段文字、一支歌、一首诗篇?不,不是的!每时每刻,祖国都与他们也与我们同在,像水和空气,像泥土和鲜花,像日月和星辰……

这样想着的时候,我把这张已经发黄了的小纸片,又默默夹进了这本珍贵的《可爱的中国》里。只不过,我情不自禁地

在那三段话之后，又写下了两行文字——这是俄罗斯诗人叶夫图申科的诗句："把我们的祖国，扛在肩上向前走，变成我们父辈的活着的遗嘱。"

　　我不知道，什么时候我还会翻看到它们，而那时候，我又会有着怎样的心情和怎样的感受。

祖国母亲

※

我们的中国母亲！无论何时何地，你都与我们同在！

在我如痴如醉地沉迷在俄罗斯文学之林，沉迷在秀丽的白桦林和辽阔无边的恬静草原的俄罗斯，沉迷在风沙漫漫的西伯利亚和白雪皑皑的高加索的俄罗斯，以及奔流着伟大而深沉的伏尔加河、涅瓦河和静静的顿河的俄罗斯的日子里……

有一天深夜，我梦见，一位高大、慈祥、深情的女性，端庄而安静地坐在我的对面。是的，她是那样的端庄，那样的慈祥。她深邃的、慈祥的目光，透过汗漫的时空，静默地、深情地望着我，望着我们……

——啊！伟大的、苦难的、深情的中国母亲！

我好像是突然吃惊地叫了一声。

是的，这就是我们的中国母亲！是屈原、司马迁、李白、杜甫和白居易的母亲，是辛弃疾、陆游、岳飞、文天祥、龚自珍的母亲，是鲁迅、郭沫若、瞿秋白、方志敏、艾青的母亲……

是我们的青藏高原、黄土高原、黄河和长江的母亲啊!

我这样想着……与此同时,我好像听见,亚历山大·勃洛克泣血的声音,也渐渐地被另一些集合起来的声音所代替……

啊,我们的中国,我们的中国母亲!无论何时何地,你都与我们同在!你是我们共同的生命和命运,我们曾经同受苦难与煎熬,我们也将共享幸福和欢欣……我知道,这也是包括我在内的,属于中国母亲的所有儿女的热切的声音。

敬爱母语
——开学季写给少年学子们

———— ✳ ————

我们的乡愁，我们的文化情怀，从来就与我们的生活与命运如影随形……

前几年，有人在青少年和大学生群体里做过一次阅读调查，发布了一个所谓"死活读不下去"经典文学名著排行榜。令人惊讶和忧心的是，中国四大古典文学名著也排在这个"排行榜"前十名的书目里，其中《红楼梦》赫然排在第一位。另外还有《百年孤独》《瓦尔登湖》等外国文学名著。老作家王蒙先生看到这个消息后，甚感惊异和忧虑，曾在不同场合慨叹过："连《红楼梦》都读不下去，这简直就是读书人的耻辱嘛！"

现在全国上下都在大力倡导全民阅读，营建书香社会。如何提升全民阅读能力，如何培养青少年亲近经典、阅读经典的热情，不仅是中国，其实也是世界许多国家正在面对且相当紧迫的一个问题。青少年，包括大学生，是一个庞大的、关乎国家和民族未来的整体阅读素质的年轻群体，如果能够把青少年们的阅读问题解决好，让中小学和大学校园里弥漫浓郁的书香，

而不是什么嘈杂盈耳、赚钱逐利的所谓"创业"之声,该是多么美好的一件事情。

当安安静静的阅读在校园里受到了应有的尊崇,阅读真正成为学生们自觉的风气和习惯,大家也并非为分数和庸俗的功利需求而读书,而是为了充实、完善、滋养自己的情怀,提升自己的生命境界而读书,这样的校园才是真正的"书香校园";当年轻的"后浪"们走出校园进入社会后,就有可能带动和影响全社会的阅读风气与文明程度,一个真正的、自觉的书香社会,才方可期待。

当然,青少年们应该多读一些什么书,也是一个问题。对此,依据个人的阅读经验,我有一个最基本的认识,那就是:不熟悉自己的家园、文化和根脉的人,对全世界的认知也将是陌生的。

作为数千年来生活在农耕文化背景下的中华民族的子嗣,我们的乡愁,我们的文化情怀,从来就与我们的生活与命运如影随形、密不可分。从古老的《诗经》开始,从中国历史上的第一封家书开始,我们的方块文字,我们美丽的母语汉语,就不仅仅是我们赖以生存和交往的工具,也不仅仅是我们全部文化与文明的载体,而是我们最初的和最后的心灵与回忆之乡,是我们全部的记忆与乡愁。

从《诗经》、楚辞到汉赋、乐府诗歌,从六朝诗文到唐诗、宋词、元曲、明清传奇……一直到我们现当代的新诗和白话散文,浩如烟海的诗文,都在抒写着中华民族曲折的故事、漫长的记忆和最深沉的乡愁。一个在中国大地上长大的孩子,怎么可以不去阅读这些"中国故事",不去熟悉自己的文化根脉?

因此,我对青少年和大学新生们有一个小小建议,就是:要善待我们美丽的母语和古文,善待我们的古代文化经典。

面对浩如烟海的书籍,不妨先从一些美丽的古文读起,从一些千百年来已经被公认的中国古代文学经典名著读起。

回忆起来,我在高中和大学时代读过的、可以称其为"打底子的书",也为自己在古文修养方面起到了一些"垫底"作用的书,至今还保存在书柜里,时常还会翻阅、诵读和温习,首先是下列这几部书。我也愿意在这里推荐给今天的少年朋友们。这些书目前都还在不断重印,使一代代少年学子深受其惠,也证实了它们的生命力与影响力之大。

《古代散文选》(三卷本)。这是由人民教育出版社约请数位中国古典文学、古代汉语专家,包括隋树森、张中行、李光家等前辈学者,精心编选和注释的一套古代散文读本,不仅选文精当,注释也通俗易懂,适合少年们阅读。

《历代文选》(两卷本)。这是由中国人民大学语文系文

学史教研室的冯其庸、刘忆萱、芦荻等教授和教师们选注的一套选本，所选文章兼顾了历代不同风格、不同流派的名作，上起先秦时代，下迄清末。每篇文末均附作者小传和作品题解，对文中的词句和涉及的典故等，书中都做了浅近通俗的注释和简要的串讲。

《古代汉语》（全四册），王力主编，中华书局出版；《中国历代文学作品选》（全六册），朱东润主编，上海古籍出版社出版。这两套书自不必多言，多年来一直作为大学本科的古代汉语和古典文学阅读教材使用，也应该成为今天少年们的案头必备书。

还有一套比较通俗和清新的《文言散文的普通话翻译》（共三册），于在春翻译，上海教育出版社出版。这套书是我高中时代的最爱，曾让我真切地感受到了从古代汉语转换成现代汉语，应该如何做到准确、流畅与美丽。古代和现代母语的魅力，散发在每一篇美丽的古文和现代白话文的译写之中。

读高中和大学的日子里，我还对刘逸生的《唐诗小札》《宋词小札》爱不释手，这两本书一本是诗话，一本是词话，用浅显的散文语言来讲解和描述古典诗词意境，文笔清丽而简约，是我阅读唐诗宋词最早的"入门书"。后来有点不满足了，又喜欢上了周振甫先生的《诗词例话》和王力先生那部厚厚的《汉语诗律学》。

此外,《古文观止》《昭明文选》这两套古代人编选的古文选本,也是我学习古文时时常诵读的书卷。

诗人余光中在大学里学的是英文专业,却始终执着于对美丽的汉语——我们的母语的热爱与维护。"蓝墨水的上游是汨罗江",他形象地打了个比方:当你的女同学改名为"玛丽"或"赛琳娜",你还能送她一首《菩萨蛮》吗?"老祖宗留下的传统母语平仄押韵,这是英文无法替代的,唐诗宋词,多么美的诗文,翻译成英文,恐怕就找不到这种感觉了。"因此,余光中殷切希望中国年轻的一代都能好好地掌握母语,善待母语,敬爱母语。

屠格涅夫索居在巴黎的日子里,曾经写道:"在疑惑不安的日子里,在我痛苦地思念我的祖国,惦记着她的命运的日子里,给我鼓舞和支持的,唯有你啊,美丽的、有力的、真挚的俄罗斯语言……"我们爱自己的祖国,爱自己精确、美丽、丰富与神奇的母语,也应该这样爱,也应该爱得这样深挚。

中华文化是我们永远的根,树影拖得再长也离不开树根;游子离家再远,也走不出母亲和故乡的心。不管将来你身在何处,方块字和汉语,永远是滋养我们文化、精神和根脉的一方厚土。美丽的母语和古文所承载的无边的乡愁,正如诗人流沙河在《就

是那一只蟋蟀》里所吟唱的:"凝成水,是露珠;燃成光,是萤火;变成鸟,是鹧鸪,啼叫在乡愁者的心窝。"

国庆节的回忆

※

我是在你早春的田野上奔跑的,那一条小河……

    1984年,我刚20岁出头,参加工作不久。这年10月1日,适逢新中国成立35周年盛大庆典。我相信,这一年国庆节,在每一位中国人,包括远在海外各地的华夏子嗣心中,都留下了一段美好的、永难磨灭的记忆。

    当时,饱经坎坷和艰辛的祖国,刚刚从"十年动乱"中走出不久。改革开放的春风,让中国大地焕发出勃勃生机。无论是城市还是农村,到处都涌动着全面改革的大潮,也回响着向四个现代化建设进军的嘹亮号角……

    这一年,我作为一名文学青年,已经开始自己的诗歌创作。现在回过头看看自己在这一年发表的习作,我竟惊讶地发现,几乎每一首诗,都与祖国的命运、时代的潮涌以及当时那种春潮在望、春回大地的蓬勃气象息息相关。

    我在这一年《诗刊》5月号上发表的一首《二月兰》里,

就有这样的句子:

  我想,既然所有的雾都已消散
  那么,在这个异常美丽的早晨
  所有的小姐妹都会看到你的
  所有的小姐妹都会穿起最新最美的衣裳
  走到一起来的
  二月兰
  她们会惊奇于你的自信
  她们会响应着你的召唤
  而且她们还会奔走相告
  那声音,会让故乡的每一个角落都听见
  啊,春天来了
  我们来了
  这是真的
  我们自己的春天,来了……

  我当时工作的阳新县尚属于咸宁地区(今属黄石市)。这一年,我在咸宁地委机关报《咸宁报》上发表的一首长诗《我从山的那边来》里,也写有这样的段落:

啊，我的歌声，我们所有的歌声
都静悄悄地，起自山野的心上
并且让更多的人，真正地相信
在中国，在中国的
古老而又古老的地平线上
无数个小湾，也像无数只金翅鸟
正在这明媚的春天里
抖动着金色的翅膀
这是真的
它们也要飞，飞啊
飞向最最美丽的地方……

这一年，因为我在《诗刊》《长江文艺》《萌芽》和《芳草》《布谷鸟》等报刊上发表了不少作品，国庆节前夕，县里把我从一所中学调到了县人民文化馆，从事群众文化辅导工作。

阳新县是一个地处鄂赣边区的小县城，在地理上正属于幕阜山区。这里也是一块革命的老苏区，一度成为湘鄂赣边区鄂东南苏区政治、军事、经济和文化的中心，被誉为中国土地革命时期的"小莫斯科"。我当时的工作之一，就是深入幕阜山中的穷乡僻壤,去搜集民间故事、歌谣和小戏唱本,同时也给一些乡镇文化站和乡村小剧团修改戏本,做一些创作和演出的辅导工作。

这年的国庆节,在首都天安门广场上,我们国家举行了国庆35周年盛大的阅兵式。这次阅兵式,是在国家全面改革和四个现代化建设取得巨大成就的喜人形势下举行的,也是一次振奋民族精神,鼓舞人民斗志,展示国威和军威,检阅新中国建设成就和人民解放军现代化建设成果的重大庆祝活动。后来我从相关报道中知道,这次阅兵式,也是继1959年国庆后,25年来第一次盛大的国庆阅兵,是中国在改革开放背景下第一次向全世界公开展示自己的国威和军威。阅兵式上,担任检阅部队的首长,正是被誉为"中国改革开放的总设计师"的邓小平。不难想象,这一天,全世界都在瞩目中国,都把惊讶和敬佩的目光投向了北京庄严雄伟的天安门广场上。

第二天,《人民日报》还登出了一幅珍贵的照片和一篇报道:当群众游行开始后,北京大学的游行队伍行进到天安门城楼前时,突然打出一条"小平您好"的横幅,这个画面瞬间传遍了全世界,成为共和国历史上珍贵的记忆之一。

身处偏远的小城,我和同事们挤在文化馆里一台小小的黑白电视机前,激动地观看了北京的国庆阅兵式。

这一年的国庆，祖国各地都举行了盛大的群众庆祝活动。当时，阳新县城里也举行了一次盛大的群众彩车游行活动，各单位都派出了自己的彩车和群众方队，有条件的单位还特意统一着装，各显其能。我们文化馆从枫林、龙港等乡镇抽调了一支长长的"板凳龙"舞龙队，另加一只色彩鲜艳的"踩莲船"跟在"板凳龙"后面。扮演"踩莲船"艄公的是一位青年美工曹君，扮演艄婆的是一位文学青年赵君。我和文化馆的同事们人手两朵红绸子做的大红花，跟在"踩莲船"后面，不时地向道路两旁看热闹的观众挥舞着。

当时，我的未婚妻在县外贸局工作。那时候外贸局的经济条件非常好，他们单位参加庆祝游行的方队，无论男女，都统一订做了灰色的西装，看上去非常精神。这可能是改革开放后的小县城里的人们，第一次看到或穿上西装。当时，我未婚妻也捎带着给我买了一套浅灰色的西装和一条洒花领带。这一年国庆节，也是我这个农村出身的青年人第一次穿上西装，打上漂亮的领带。在1984年那个偏远的小县城里，也算是得风气之先了吧。

这一年，为了纪念国庆35周年，我在《芳草》杂志发表了一首诗，题目就叫《朗诵给祖国听》，其中有这样的句子：

"我是在你安谧的夜空里闪耀的，那一颗小星；我是在你

美丽的大地上唱歌的,那一片绿叶;我是在你清新的晨风中燃烧的,那一缕霞光;我是在你早春的田野上奔跑的,那一条小河……祖国啊,我亲爱的祖国!我用我美丽的母语诉说着,我的渴望,我的快乐;我用我纯真的生命歌唱着,你的博大,你的巍峨……祖国啊,我亲爱的祖国!"

早安！祖国

———— ＊ ————

太阳每天都会升起，大路永远伸展在前。

当人类的脚步踏过多灾多难的 20 世纪，迎来了新世纪的又一个秋天；中华儿女跨越过 20 世纪的曲折坎坷，终于露出了自信与欢欣的笑脸；当春兰怒放，红梅吐艳；当云雀高歌，层林尽染……

啊，此时此刻，新世纪的光芒，已经普照在莽莽的长城内外和浩浩荡荡的黄河两岸，普照在巍巍的黄山、泰山、昆仑山和喜马拉雅山美丽的峰巅。它使所有的森林和草原，比往日更加青翠，更加鲜艳；它使所有的笑声和歌声，比往日更加清朗，也更加舒展！

啊，早安！刚刚走下脚手架的建筑工人。我看见，共和国绯红的黎明，为你们披上了一身华贵的衣衫……啊，早安！风尘仆仆的环卫工人。我仿佛看见温柔的夜色，刚刚滑下你们辛劳的臂膀和你们饱经风霜的容颜……

啊，早安！所有的、所有的劳动者。无论你们是来自田野、校园、写字楼，还是来自军营、实验室、集贸市场和工矿车间……无论你们是企业家、教师、交通警察，还是医生、律师、司机、邮递员……你们，岗位平凡而志向高远；你们，索取不多而甘于奉献！是你们，用辛勤的双手，在我们伟大的祖国的大地上，写下了一首首不朽的、壮丽的诗篇。

啊，早安！自尊又自强的工人叔叔、卖菜大嫂和年轻的送货员。请相信，人生的天空偶尔会有阴云，但决不会总是黯淡。不！太阳每天都会升起，大路永远伸展在前。风雨过后，又是一个美丽的艳阳天！

啊，早安！默默无闻的普通士兵，步履匆匆的少先队员、共青团员，德艺双馨的诗人、画家、歌唱家、电影明星、芭蕾舞演员……啊，早安！在蓝天白云之间展翅翱翔的飞行员，头戴国徽的检察官和大法官……

啊，早安！为国争光的运动健儿。你们青春的泪光，一次次在鲜艳的五星红旗下闪现。啊，早安！日夜操劳的社区干部、家庭教师和家政服务员……你们忙碌的身影，都映照在老百姓充满感激的心间。

若问我们共和国辽阔的天空为什么这样安详，这样霞光灿烂，只因为有无数的好儿女在将她守望，将她眷恋；若问我们共和国约 960 万平方公里的大地江山为什么这样壮丽,这样生机无限,只因为有无数双勤劳和智慧的手,在为她梳妆,为她打扮!

没有好父母,哪来的好儿女?没有好儿女,哪来的好家园?

当星光隐入了云层,大海涌动着波澜,新一天的太阳,又带着炽热的光芒跃出了东方的地平线……在这金秋十月的绯色的黎明中,让我们为伟大的祖国母亲祝福吧——

祝愿祖国所有的少年儿童都能够幸福、平安;祝愿祖国所有的老人都健康,都能够安享天年;祝愿祖国所有的恋人都能够真心相爱,牵手涉过岁月的长河,到达永恒的、幸福的彼岸;祝愿祖国所有的家庭都充满温暖,让怡怡亲情的光芒映照着每一位亲人的欢颜。

这,就是我此刻的全部激情和灵感。

这,就是我献给祖国母亲的一支深情的歌——我发自心灵的祝福的诗篇!